顾 彬 诗 选

房间里的男人

顾彬诗选

Wolfgang Kubin

[德] 顾彬 著　海娆 译

广西师范大学出版社
·桂林·

房间里的男人：顾彬诗选
FANGJIAN LI DE NANREN: GUBIN SHIXUAN

出版统筹：多　马
策　　划：多　马
责任编辑：吴义红
助理编辑：刘晓燕
产品经理：哈　曼
书籍设计：鲁明静
篆　　刻：张泽南
责任技编：伍先林

On the copyright page of the Chinese language edition, Licensee shall note that BACOPA published the German language edition of vol. 1 in 2015, vol.2 in 2015, vol. 3 in 2015, and vol.4 in 2016 that the copyright is registered in the name of Bacopa Handels- & Kulturges. m.b.H., BACOPA Verlag, Austria
著作权合同登记号桂图登字：20-2022-012 号

图书在版编目（CIP）数据

房间里的男人：顾彬诗选 /（德）顾彬著；海娆译. --桂林：广西师范大学出版社，2022.4
ISBN 978-7-5598-4748-5

Ⅰ.①房… Ⅱ.①顾… ②海… Ⅲ.①诗集－德国－现代 Ⅳ.①I516.25

中国版本图书馆 CIP 数据核字（2022）第 023478 号

广西师范大学出版社出版发行

（广西桂林市五里店路 9 号　邮政编码：541004）
网址：http://www.bbtpress.com
出版人：黄轩庄
全国新华书店经销
北京博海升彩色印刷有限公司印刷
（北京市通州区中关村科技园通州园金桥科技产业基地环宇路 6 号　邮政编码：100076）
开本：890 mm×1 240 mm　1/32
印张：11.75　　字数：82 千
2022 年 4 月第 1 版　　2022 年 4 月第 1 次印刷
印数：0 001~8 000 册　　定价：66.00 元

如发现印装质量问题，影响阅读，请与出版社发行部门联系调换。

目录

第一辑　房间里的男人 / 001

前言 / 003

诗作：1—81 / 006

第二辑　临渊之悟（1974—1979，1985）/ 083

前言 / 085

从桂林到阳朔的船上 / 088

香港喜来登酒店的中国小姐 / 089

从九龙看香港 / 090

十一月的北京 / 092

北京德国使馆的圣诞宴会 / 093

北京紫竹园咖啡馆 / 094

无题 / 096

一九七四年圣诞节 / 097

无题 / 098

无题 / 099

无题 / 100

紫禁城的百年蜡梅 / 101

长沙 / 102

湘潭 / 104

韶山 / 105

黄河边 / 107

洛阳 / 108

北京卧佛寺 / 110

（北京）海淀区服务小姐 / 115

北京到无锡的火车上 / 116

太湖泛舟 / 117

某女士 / 118

A.B.C. 先生 / 125

上海去桂林的火车上 / 127

桂林到阳朔的船上 / 128

北京十月 / 130

九月九 / 131

日本一九七五年十月 / 132

无题 / 133

曼谷 / 134

重返橘子洲 / 135

回忆 T / 136

长沙烈士陵园 / 137

第三次去韶山 / 138

致去上海的她 / 139

无题 / 140

第三辑　动荡的安宁（1976—1985）/ 141

前言 / 143

假设 / 146

她也 / 148

动荡的安宁 / 153

身体没有信号 / 157

粗心 / 159

粉与白 / 161

失控 / 162

奥德赛 / 163

想要孩子 / 165

谁住这里 / 168

警戒下的爱 / 169

书和石头 / 175

无题 / 176

刺眼 / 177

眺望 / 185

水子或三十六次尝试可能 / 186

第四辑　猴子构造（1963—1976）/ 207

前言 / 209

杂色生活 / 211

（各地）散诗 / 227

题赠 / 236

人物肖像 / 246

歌词 / 252

狼的诞生 / 263

I.D. 想法 / 致微笑的瞬间（1—34）/ 277

寓言 / 301

猴子构造 / 314

回到开始 / 337

跋　有关早期诗作的说明 / 357

第一辑

房间里的男人

前言

大概在 1970 年夏天，我把以前所写的大部分诗作编撰在一起，取名"房间里的男人"。（写作的）年份能保证，但季节不能。我把它们自费出版，大概印了四百册，送了少数给朋友，其余的放在一只纸箱里，好像是搁在赖纳的阁楼。后来的情况就记不得了。

最早的一首诗应该是第七十三首，它最晚写于 1964 年。第十八首也相似，内容源于我第一次参观罗马。第十四首也许写在维也纳学习期间，我于 1968 年夏季开始在那里学日语和现代中文。第二十五首写于同年 8 月，写作地点应该是赖纳。在搬家去柏林（1977 年）之前，我主要生活在埃姆斯河畔和明斯特地区。第二十二首诗是我迄今唯一一次游览芬兰（1968 年 8 月）的收获，第十九首反映了我第一次在日本的生活（1969 年 7 月到 9 月）。1967 年夏天我在美利坚合众国，第二十四首就是基于那时对肯塔基州大自然的体验。其他的，我就只记得第二十三首的写作地点——南蒂洛尔的拉纳，大约是1970年5月，那里盛开的鲜花让我着迷。

诗集中旧的排列只有秩序还保留着，原始框架被取消了。那本诗集是这样设计的："由沃夫冈·顾彬编辑出版、介绍和注释。"那段很长的前言，今天看来不再合适，因此这次出版被删掉，只留下地点——埃姆斯河畔的萨尔茨贝格村，时间是1970年圣灵降临节。

"81"这个数字需要说明一下，它来源于老子的《道德经》。我那时不仅受到道教影响，也受到《易经》影响。作品中很多关于变易的想象和表达，并非偶然，而是我当时的世界观受到儒学家孟子的政治思想影响的结果。诗中间或的说教语气也源于此，或者受到狄奥多·阿多诺的影响。所有提及的著作和人物都是我在波鸿鲁尔大学时期所接触的。

我对这些五十年前的诗作的处理是小心翼翼的。尽管我早已不喜欢"心"这个词，但我仍然在这里和那里用到它。别的我就想不起了。此外我插入了标点，删除了笨拙的短语，替换了不合适的词。

如果有人从今天的角度问我这些诗的价值，我会说：它们为我那时和现在的发展提供了答案。那时我在波鸿，仍然受到现代拉丁朦胧诗派、中国古代哲学及中国中世纪古典诗歌的影响。

需要说明的是，能把深藏文件夹四十多年的文学作品付梓出版，得归功于杨炼和瓦尔特·费林格尔。前者是中国诗人，后者是德语出版人，他们让我在整理和修改诗稿时，对我那时的诗学和美学进行了思考。为此我非常感谢他们，因为我惊异地发现，即使在几十年以后的今天，人们仍然能从一些说教的底色之外，读出一些新的诗意，对此我绝对深信不疑。

沃夫冈·顾彬
2014年6月于北京外国语学院

诗作：1—81

1.

房间里每个人名字相同，
房间里每个人发色一致。
一个人说话，大家都说，
声音也无异。
眼睛也一样，每天清晨
让桌子和窗棂
恢复生机。没什么不同。

大家从同样的床上起来，
以别人的姿势。世界
在一夜之间并未改变，
它又回到每个人的瞳孔，
没有变大，也没有变小。

脸,不可区分,整天
逗留在同样的书上。
阅读者的所思所感一样。
如果一个人笑,大家都笑。

房间里利弊决策
不顾情面。
错误也都一起犯。
大家同生,
也将共死,

因为房间里只有我。

2.

有时候我躺在沙发上
虚度时光,
望着窗口。
它仍未被每天的日常
变得美丽。

但如果它一旦开始变暗,
我就转身向内,数我的书,
从"永久和平"到"伟大理性"[①]。
只有当不再有一丝光线照进来,
我才闭上双眼,略去随后的时间。

这样的生活日复一日,
以后还会再次经历。

我不能说,我前程远大。

3. 一个女市民的话

如果我们的窗玻璃脏了,
就换新的。

[①] "永久和平"和"伟大理性"为康德语。

4.

每天晚上,人们说,太阳落下,
但落下的从来只是他们的心。

5.

我曾想耕田种地,让大家足食。
我曾想纺纱织布,为人们丰衣。
我还想拿起武器,击退邪恶,
但一己之力,
难以敌众。

因此我研读
治国与和平的书籍,
广集哲理名言,
博采百家思想。

我的知识如此渊博,

如鹤翔云天，龟潜深潭。①

我多想把它们传授给
法律专家和政府议员，
还有那些识字不多
在宫闱秘事和绯闻八卦中长大的人们。

如果一切如愿，
世界会变得秩序井然。

但我的话只如漩涡之水，独自回旋。

以下诗文是该诗的一种变体：
我的房间有五大洲，
南北极。
罗马只是指甲盖大小。
它的历史不如我的厚重。
我游历了广袤的大地，
统一了大法。
我顺江而下，

① 鹤翔云天代表人类对知识追求的高度，龟潜深潭代表人类对知识追求的深度。

降伏了虎龟,
化为树下的磐石。

最伟大的法典
是叶到根的回归。
最伟大的国家
是树与山之间的空阔。

6.

脸消失在啤酒杯之后,
再没重现。

随后是
原始的笑。
血肉与骨骼组成的面孔
比酒杯里的内容更令人遐想。

欢乐的脸
不逊于它效仿的对象。

从此我们在自己的城市
惊叹艺术与自然的统一。

7.

如果月亮出来,
我们将彼此照亮。

8.

他脸色苍白
以鞠躬的身姿在山谷坦言:

我赞美这山的光芒,
因为我在自己的阴影里
测量太阳。

9.

落叶飘入我的手中,说:
让我们成为朋友吧,
一起度过下一阵风。

10.

教堂旁就是女人云集的夜总会,
她们教人懂得裸体
和新的维度:
丰乳肥臀才最女人。

上百只眼睛盯着她们,
贪婪地挤占每寸肌肤。

先来,先看。

想象力让最高峰
像地皮竞拍。以为人人相同者,
刷新认知:

每人都想要最大的胸,无论在家里,
办公室和电车上,
能带着散步
如带着钻石、皮草和宠物狗。

第一排的先生们
有八字词组,
(超级美丽性感胸围)
可以优先验货。

他们知道,重要的是肉,
只是肉,因此都随身
带有软尺。

如果软尺长度不够,
他们就兄弟般集体起誓,
下次带个更长的来,
因为只有测量真实可靠。

我测量,故我在,出口处的门卫说,
并分送裸照,

美好夜晚的免费纪念：
欢迎再次光临。你们真是
可爱的客人。

告别词于黑格尔无用，
它属于别的逻辑，
那绝对的肉体和欲望的逻辑，
为了新的比例和象征
生命应该不断延伸和扩展，
如斯图加特、科比或巴黎的塔。

11. 一个女市民的话

当天空开始下雨，
感谢上帝，男士们就有
别的话题。

12. 一首带有诗意的异化并按时代品位写成的诗

她竟然一丝不挂

(演讲人在此停顿,等待听众激动的欢呼)

在她美丽的脸上。

13. 一个女市民的保留节目

1)

晚上小吃就够了!

2)

您还要一小杯茶么?

3)

昨天教授邀请了我们!

14.

我已经把头从轨道上移开，
现在电车可以继续前行，
那些被手捂住的咳嗽
也可以重新开始。

没有手的人，也不咳嗽。

有时我的咖啡杯投下影子，
你的红裙随后把它遮蔽。

光亮依然不够，
温暖依然不够。

太阳吸入你的微笑，
会多照耀一百年。

你的连衣裙所在之处，将成槽沟，
从额头裂开，深至地面。

那里将聚集所有的阴影，

谁坠入其中,将永不再见,
它深不可测,不可逾越。

也许,如果额头于我太重,
我会把它枕入你的手中。

槽沟已经够了,
唯有你的手不够。

也许我会投身于你,
人类随后。

因为轨道总是不够,
电车脱轨
每天增多。

15.

影子瞬间定格在墙上,
水珠定格在玻璃窗上。

天空不再继续舒展。

写字桌上
书尚未翻开。
铅笔和手指蓄势以待。

清晨如此宁静,鸟儿定格于飞翔
树枝定格于摇曳。

16.

有人追风而至,
忘了超车规则,
伫立在最美的阳光里。

17.

我读到一句法语诗:
"L'Eté de gypse aiguise ses fers de

lance dans nos plaies." ①

把它改成德语：
"夏天的长矛已刺进我们的伤口。"

18. 罗马

孤单日子的地平线，
腐烂的天空，
尘世咩叫的芸芸众生
心情单纯地
等待天黑。

19.

有些人生出来
很快在日报翻阅中
耗尽一生。

---

① 节选自圣琼佩斯（Saint-John Perse, 1887—1975）的诗歌《流亡》。

墓碑上的话
如果他活着
会认为最美。

"这静默的变化充满温馨"
会使他的后背直起来。

这句话对别人并不沉重,
少量的阅读
不会压弯他们的腰。

即使他肉体枯槁,
加上这句话也如
无力的石头之于水,
他由此获得新特权,
如残疾者乘坐火车。

冗长的句子总有空隙
如拥挤的火车总有空位。

眼睛离开眼眶,

在乳头、球门、免费啤酒
和议会选举之间游荡。

苹果核大的脑子点头,
被眼睛引领到我们的存在。

目光先于词语,
生育早于爱情。

黑格尔用一本书砸死世界
或至少几个报业人。

因为:
所见被词语记录,
又在词语中回归所见。

语言律师在眼睛和词语间逡巡,
一只空手在空背后,另一只手
增添由模糊与重复构建的边界。

世界被词语撞击洞穿,
变得无边无际,无法抵达。

它比词语更大,让人欢庆
并叹息向往。

词语比世界小,却趋炎附势,
它突然在手,即使
手未张开。

有些人生出来
在圆柱下徘徊,
心中只有图像的图像的图像:

哈巴罗夫斯克①。

飞行距离四千英里到比雷埃斯,
被空间分割,而非时间。

太阳从那里的海上升起
又朝雅典方向消失。

但圆柱不是太阳,

---

① 哈巴罗夫斯克,西伯利亚的一座城市,它的机场在1969年的夏天被装饰上希腊圆柱。

它们只懂回旋运转，

克服空中距离，

在草原定居。

谁都能看见，

它们怎样冲向天空

抵达红色星辰。

在进步带来的天空。

啊，这里大人物也用大去衡量，

墓地由旗帜、勋章

和队列组成。

但你却被带往低处

被踩在脚下。

天空被年度计划和饰有石膏的机场

重新遮挡。

人们未雨绸缪把云带去暗处。

你从词语中迁出，

从静止的形式中迁出。
图像回指,
但你的眼睛朝前。

黑格尔用一本书砸死世界
或至少几个建筑师。

船已扬帆,
不再驶回港湾。

有些人生出来
惊诧天与地的不同。

他的眼睛在卵石和云朵间游荡迷惘。

只有一种单纯在手中掂量,
感觉沉重,坠落地面。

在关闭的眼睑后,
卵石有了云的厚实,
云也有了卵石的沉重。
天空向大地逼近,

地球在大熊星座荡起秋千

越过银河。

石头继续撞出大地沟壑,

让地球穿越星空,

让眼睛重新环视。

它每一次撞击,

都会让你眼睛变大,叹息加深。

人们同情受压迫者,

把他送去日光城①。

看吧,撞击的石头和飘浮的云

让他快乐,

他漫步穿过美丽的门,

心情美丽如云。

---

① 日光城,位于东京北部 150 公里处,以如画般美丽的东照宫闻名,1637 年到 1645 年间是德川家康的陵墓。对于许多人来说,入口处带有繁琐装饰的大门,已经表现了与真正日本艺术的背离。

人们忘了尘世和庙宇的门神[①]，

另一种时间为了明理的人而保护它们

大明咒的旋律让心高悬

忘不了飞翔。

因为他知道，

石头的法律现已无效，

有效的是天堂在眼里的镜像

和哭出的泪水。

水变得多么柔软啊，

他叫喊，

高贵之路多么易行。

比如来自堪萨斯州的褐发女郎

被雕刻成像

如天上的云。

书桌上她的像

永远为破碎的正午，

[①] 每一座日本神庙前站立并能辟邪的守护神，据说他们发出"啊"和"訇"的声音。

增添欢乐。

20.

从门缝钻进一只耳虫[①],
像只猫在我面前喵喵。
它说它必须为动物界代言,
现在长颈鹿的脖子也遭水淹没。

我宣布要声援耳虫,
现在我窗台的腌菜瓶里
也有了动物。

21. 致微笑的瞬间并随即遗忘

清晨的咖啡,用世界做奶油,
不美么?

---

① 耳虫(Ohrwurm),德语中把反复出现在脑子里的声音称为耳虫。

22. 库奥皮奥：养老院

这里的每个人都租赁了死亡，
与它相伴无人孤单。
它是很好的聊天伙伴，
还始终可靠值得信赖。

它总是光临，
并准确知道自己的路径。

你说，衰老很沉重。

是的，它重于泰山
或轻于鸿毛。

一旦交给风，
鸿毛一去不复返
山却在错落中归来。

目光在此消失。
它们离开自己的轨道，
便从此迷路。

比鸿毛更轻,
它们永远上下飘浮。

23. 车票

你的身上还有印章,它让我知道,
哪天,几点,哪条路线
我们初次相伴。

第二天我没有扔掉你,
在另一钟点,另一路段。

我仍然把你带在身上,
即使昔日的同伴
早已不在。

曾经的轨道,现在
荒草萋萋。
日子早已远去,
时间不再被钟表显示。

仅仅还有二十三小时。

多年来只有你留下来陪我,
只有你顾念我的孤单。

有时候我们一起回望,
遥想我们的幸福时光,
一次又一次,那一天,那一刻,那条路线,
只为我俩。我们设定永远,
在从来没有也永不会有永远的地方。

24. 美国 [①]

小草的聒噪,
牧群的迁徙。

当它们一旦完成,
便归于沉寂。

---

① 此诗灵感来自对《易经》的思考。

我们该如何对待变易?

玫瑰必将变成紫菀,
以度过秋天。

变易只在,
当眼睛内视
双手相握?

谁没有声音,谁就会死亡:
他的世界不比他的语言大,
他的语言不比他的世界小。

如果把自己托付给火,
他们的眉眼之间
就会堆满疲惫,
如果睡去
就会肾虚。

我们该如何对待变易?

船滑过秋天,

桨如落叶飘零。

这不是变易：
玫瑰将诞生更多玫瑰

是的，我们已进入黑暗。

没有什么能独享安宁：
海上的船，
悲伤中的人，
火中之火也不能。

是的，这就是变易：
当我们在场，
即将消失的镜子，
映出新的光芒，
那曾充盈我们的，
是未被保留的
有形的渐渐沉寂。

25.

站在每一家商场前,
总是冬天。
我们说起边境的铁丝网,
和那些并非我写的诗。

后来沿河畔而行,
那今天依然流淌的河,
也许更开心,也许不,
我们偷窃了彼此的话。

我们还谈了谈,
彼此衣领上的雪花,
滑雪道和我们深深的忧伤。

你说,你爱我如同你的生命,
但你从未爱过你的生命。

我们在天空如愿画下
我们的样子,总伸手可及,总
挥之即去,直到熟悉我们的角色。

然后就变得平淡无奇。

冬天远去，
商场装修，
我们卸下皮领，
不再忧伤。

我们很少相见，
也很少问候。

但我写下这首诗，
想着一条河的恒久。

26.

在坠落大地的繁花里
等待——每一朵花
都向我描绘你的容颜。
这等待让我拥有了
其中的一朵，

它不描绘你,
只绽放空白,
驱逐回忆。

然后等待就变成了花。

27.

树木年年披戴新绿,
人却不能承载他人。①

28.

墙上彩笔画的月亮,
商场买来的花,
不凋零,只蒙尘。

---

① 原诗两句用了同一动词 tragen。此词多义,译本难译出文字游戏之趣。——译者注

纸做的情侣，
邮购的喷泉，
春夜里雾罐喷出的
芳香。

提琴永不沉默，
恋人拒绝变老，
月亮永不下沉。

如此多的美被我保存
在玻璃橱柜
为忧伤的时刻。

29.

我寂寞的房子只有秋天光临，
圣贤的叹息汇入落叶的飘零。

30.

变化开始,但不变的是:
水泡软石头,却托起洪流。

31. 此处首次邀请读者自己下结论!

32.

今年飞鸟未归,
树林空等。

你说,没什么改变。

只不在我们
未愈的伤口。

33.

我曾经只在
你的眼中,
总以我画中的样子,
从未改变。

但时间到了,
你闭上了双眼。

现在我不再知道,
该去哪里寻找自己。

34. 一个抑郁症患者的墓志铭

一百年不够你痛苦,
现在永恒的死亡终于够了。

35. 致世界

1）

当你再次出现
在面具后，那我曾忘情于你之处，
狂热爆发，更加纯洁。

他们的智慧，
用灯罩和砌石筑成的边界
与天空互换，
不再感觉身下的大地，
头上也不再有云，
只有书脊或铅笔头。

那是一种智慧，
从前自我支撑的天空，
只被眼睛支撑，
当眼睛总因秩序而苏醒，
秩序也和它一起醒来，
但天空的蓝不被当作眼睛的蓝。

眼睛，遥望天空，

为了捕捉辽阔,
手,如果没有意志让它们高举
相信足够天空的辽阔,
总垂向大地。

它们从未高过一口气息。

房间里无须踮脚去抵达天花板,
也不再是屈服的时候。

书和书架的影子,
被呼吸撞击,在天花板追逐,
它们比云更意味深长,
因为充满期待。

2)
终于在一切的一切之后,
天空被词语捕获,
还有眼睛和眼睛下的。

词语将看和所看分开,
并将眼睛也融入其中。

世界进入词语和稳定，
但仍然可变。

只有语言获得世界的统一。
别的附加物，
词语并不接纳，
而是栖身其中，
如树木在秋天不栖身树叶，
或山丘不栖身坡地与植被。

光，掠过边界
变得更弱。

太阳从山后升起，
消失在大海。
它被云遮挡
仍如期运转。

在升起和坠落之间，
在看见和想象之间
太阳在变。

它总在词语中变幻它的一致。

谁掌握词语,就能实现目标,
那真实的本质,真实
如坐标外的函数
和更大的光。

就这样每人被他人的弱点折磨。

光与光不同
如高坡和山谷,
生出正义与非正义。

一个从北面上山,
一个从南面上山,
但在半道已经定型。

每一朵花都变成障碍,
形成光锥。

蝴蝶能否在夜里

飞过不是它自己的光明？

叫声盘旋山岗，
让人忘掉词语，让光消失。

这是伟大的荒谬么：
词语、光明、山岗、花朵、蝴蝶
都奉献出意义。

只有不语者，才一致，
只有不语者，才持久。
你我之间伟大的交流
将成为传说。

不语者，守卫和平，
不语者，维护忠诚。

你未说之话，不会被夺走，
你未尽之言，是你真正的财富。
懂话的人，不懂大小，
明言的人，不明沉寂。

3）
当你再次出现
在面具之后,那我曾忘情于你之处,
如米粒在巨大的谷仓深处,
狂热爆发,更加纯洁。

一千年掩盖一百年,
也掩盖了米粒。

没有荆棘防御,
也不阻挡历史。

人所不能,
唯它愿意。

它只在坠落中
给大地加上一种
新的遗忘。

无暇顾及平凡的世界。
树叶和花朵比根茎更接近天空。

4)
小不重要,沉默不重要,人们以
长宽来衡量大小,幸福如同免费食物。
贫穷证明你饥饿。它为你提供
书籍、橙色箱子和豆荚的幸福。

豆荚教你对世界有用,
箱子教你,团结并且有益于他人。
书籍教你学会顺从,如书在书橱。
效仿中你获得安全并让幸福如银行账户

增长:沉默,任务和职责。
你日夜为得失担忧,
担忧并未击垮你,反而让你及时进入
大境界,让你的作品充满生机。

融入其中,不再陌生,
顺应潮流,消除障碍:
总统的微笑,孩子的成长,
模特的优雅,茶话会的谈话。

5）
小不重要,
沉默及沉默之法也不重要。

枝丫寻找养料,树却总是苍凉,
它寻找作为树的变化,
该怎么影响别的树枝开花,
如果之前自己无花?

弱点只让弱者变弱。
树枝不担忧别的树,也将变绿。

但这棵树会怎样呢?
城里的人们喊道,
他们中的边缘人、不幸者,
不在自己
而在树的变化中,
寻找满足和些许的安宁。
安宁让死亡轻松,并让人相信
已成就了什么。

枝丫比树小,

花朵却使它变化多姿。

云朵比天空小,
飘浮却让它包罗万象。

因此小不用变大,
也可改变大。

如重力坠落深处,
真正的大将变小,
当它反作用于起作用者。

树的枝丫比根茎更长。

因此它隐秘,只任其显大,
摇撼者不知道它的根系。

他就像
往水里抓影子的那个人。

天空是否依靠云,
大地是否依靠山?

只有傻瓜依靠

对他产生影响的。

他的心追随着

变与不变带来的欢乐，

反对他不是他自己的。

被砍掉的树，

之前就已经屈服，

积在堤边的水，

不能被流入的水增多。

当作用离开作用之地，

就导致

自己和别人的悲哀

形象可见。

总统忘了在清晨微笑，

孩子呢？啊，孩子暂时忘了成长。

当你看见，你快乐的基础

那么少，愿望难以实现，

你的心是否会悲伤？

如果你不拥有他们，
你还拥有什么？
因为你没有自我实现，
而只想影响别人。

你的欢乐该怎么持久？

无人居住的房屋，会衰败，
依赖他人的人，会无用。
因此枝丫独立，它的作用
不会因旁枝的花朵而失落。

但这就够了么，只是一枝独秀
而非整树花开？

够了，如果枝丫变成树，
自己尚未开花，
不用旁枝的悲哀把树击倒。

即使温暖的石头也会在寒冷中变冷。

是否真有一种花开，

空前绝后，

一种温暖，独一无二？

一只手不能握住所有的冷，

而自己不变冷，

但它能再次为温暖指路，

并成为自我。

因此尚有自我，

真正未终结的变，

将成为变。

那自我坚如磐石

不会耗尽。

它就这样成为一切的基础。

6）

就这样想着，米粒从深处升起，

从无限的下坠中，最终成为最终的自己。

36. 结论:

我

37. 读者在此写上自己的第二个结论

38. 一位市民的诗

我全副武装,
打造船只,

但大海已消失。

39.

一生追逐前方的光。
双手变瘦了,步态也摇晃。

如果影子没有拉长

并落在鞋上,
我们不会想到
自己的脚趾。

40. 一首平淡且结尾不令人满意的诗

"我活过,我活过!"
生活艺术家叫喊。

是的,
你活过。

如草地上的花朵
毕竟发现了牛。

41.

混在落叶之中
我自己也变成落叶。

42.

昨晚有人
扔进窗里一块石头。

我不必清理,
防御部长似乎从来不做
清理工作。

我守到凌晨
等待第二个好消息。

43.

我擦亮碎片的另一面。
现在它内外同样明亮。

人们透过它看见
室内的清洁。

44.

耳虫创建了渴望和平者联盟。

它把日历纸当新兵,
送上战场跟火柴战斗。

这是和平中的操练,它说。

每当火柴被点燃,
那声音就呼喊
"我们为和平而战!"

只遗憾,日历纸的火花
留下大块黑色污染。

45. 想到汉字"朋"①

政治家教导军备的必要,

---

① 词源研究者认为,汉字"朋"由两个紧连在一起的蚌壳组成。

他们让士兵排队站立如并开的蚌壳。

但一个比另一个活得久。

46.

三千万死者轻而易举
被写进史书。
史书没有抗拒,
它早已学会与数字相处,
如同人心与习惯相处。

腐败的政府较好地掩饰了缺陷,
开启新貌。
勋章再次闪烁发光,
佩戴者全无羞愧。

维持现状并增加收入,
让生活充满希望,
让人们忘了自己,
让痛苦迷路,

无法抵达,让痛苦
不像高级职务成为美饰。

痛苦沉默着,它不会组织,
只内化,以便更加痛苦。

47.

历史在美丽的早晨说,
它想展示友好的面孔,
却哭出了苦涩的泪。

大地准备重新祝福,
用新的生长掩盖伤痕,
这被称作"哭泣的历史"。

在这美丽的早晨,没有人
死于饥饿或谎言。

只有一个人必须被竖起墓碑,
因为他毫不逊色于植物,

一再从大地吸取

营养和快乐。

一直到每一片叶子,

他就这样只为自己索取一切,

为了后顾无忧,时光无泪。

48.

这个房间不知道历史,

不知道公元前 333 年,也不知道

温泉关① 和费尔贝林②。

它不知道

由偶然和重复构成的历史。

所有的变都在门前的天气里完成。

当房间遗世独立,

---

① 温泉关,希腊中部的一处山关。
② 费尔贝林,柏林附近的一个小城。

就如雪里的玫瑰,
只显得更美。

49. 一位女市民的话

正因为是人,
我们可以犯些错误。

50. 一篇绝对浅显易懂的诗稿

镜头1:游客们在一座所谓大教堂前拍照,那是广岛的标志性建筑,未被原子弹彻底炸毁。这些照片用着回忆。

"哇,看吧,那里还伫立着一座未被炸毁的广岛建筑。请再往左一点,也许后退一步。这样好看点。你知道。"

镜头2:在原子弹博物馆。该馆有对那场灾难最详尽的报道。

参观广岛,

当然得参观广岛的一切,

包括有受难者残骸的原子弹博物馆。

心跳更高,

摇摇晃晃却未崩溃。

门厅的女士建议

带上随身讲解耳机:

"你们能了解更多!"

导游举着小旗杆(81号),

催促游客们快点。

匆忙中大家惊叹灯泡,

它的乍亮和熄灭,

形象地演绎了大爆炸。

只有想到未尽的日程安排,

大家才会心有不安。

可能中的不安在出口处消散:

愿死者安息! 在售的明信片

和自行车小旗让人喜欢,
最重要的是可以示人的
到此一游的证据。

镜头3:作为第二部分的插曲,一场无人受伤的交通小事故,从博物馆正好观看。

警笛声把游客吸引到窗前。
对活人承受痛苦的兴趣,
片刻间大于
已经死去的蒙难者。

镜头4:墓园

意大利风格的石膏小鹿和粉色栅栏
保护草坪免遭踩踏。
谁会打扰这深沉的宁静?
走出咖啡屋
将沉重的情感留给咖啡和奶油。

从这里划船去大教堂。
十日元,火焰字体已经点燃。

对死者多么欢乐的悼念!

镜头 5：结论

下次来博物馆会更大，
火车站的鸽子，纸折的花
会更加安静。电车也不会再
如此拥挤。

我祖母曾说，
人必须理性行事，
程夫子[①]曰，天下物
皆可以理照。

51.

我设想，
如果原子弹落下，
我就举起帽子。

---

① 程夫子，新儒学哲学家程颐（1033—1107）。

如果它的洞不太大,
它将接住原子弹,
如平常接住我那颗
喜欢扑向它的头。

我设想,
如果原子弹不消停,
我会继续举着帽子,
用手指头塞住耳朵
等待爆炸。

很可能我不再
戴那顶帽子。

也许还有个窟窿,
正是它,
原子弹不能
滑落地面。

我不会伤心
因为帽子惹上麻烦

不能再戴。

我设想，
可以再买顶新帽子，
但原子弹
将不会再是我的客人。

52. 致无名士兵

你的头发在树叶里躺了很久。
你的胃，空而脏
如大赛后的足球场，
雨在那里积水成潭。

雨，一直在寻找
栖身的家园。

别担心，
它会安慰你并让你喝点什么。

你将不再孤单。

小草也会怜悯你
保护你免遭寒冷。

只有风,当它撩开草丛,
会最后一个发现你。

但它将沉默,不会告诉任何人。

53. 致一位政治家

你脚趾的力量
于我很神圣。

54.

我们找过水
但在海里没有发现。

我们找过人。

55. 请读者在此写下第三个也是最后的结论

56. 砖的话

1)
我坐在灯罩下
犹如坐在船上的瞭望筐
等待橄榄枝。

2)
船在海上
房间在世界。

57.

我踢球,
在墙上钉钉,
涂颜料和贴壁纸。

我雕凿、刨削、锉磨，
从事园艺、畜牧养殖和农活。

电轻易泄露自己的秘密，
建筑学和医学也一样。

我什么都知道，包括
我的所需，如果一切
无非只是开始，
如那场洪水之后的大地。

如果无非只是开始，
这间满足了一切要求的房，
将由此成为标准。

58.

蜡烛在燃烧里终结。
它随轻烟升起，
送给周围一捧暖意。

只有人心充满艰辛。
它从未有足够的温暖
给损耗中的自己。

59.

一段时间以来
窗台上的耳虫
不再被光照亮。

于是我把它移上书桌。

现在纸还是空白。
我把思想变成光。

60.

那耳虫携带南极掠过书桌。
我热,它说,在你真理的光里。

61.

谁读了这些诗,
会三月不知肉味?①
谁又会脸色忧伤,
如果他一首诗也不曾读过?

62.

战争只在一洲之外,
饥饿只在大洋彼岸。

有人问我,想怎么应对,
我指着周围沉默的人,
他们的目光已经投向
乳头和球门。

---

① 孔子说,当他在齐国听到韶乐之后,三个月不知肉味。

63.

我潜入城市,
带着腋下的砖石,
和衣领上的耳虫,
那安静而布置良好的生活区,
让我的双手无所事事,

它们在辛苦的一天之前
适宜这里有限的安宁。
但在商业中心,
眼睛会不知疲倦
手指会变得灵活。

啊,他们心怀感谢
对一切可见而有形的东西,
我要公布米粒的传说
和它们轻松爬上草茎的故事。

被交付给谷仓
为了繁衍而改变模样,
他们害怕改变如害怕疼痛。

因为,如果奴仆起来反抗主人,

谁向他们显示正义的恩典,

保障他们的辛劳?

只有当奴仆承认主人,

主人才是主人,

因为有一,

二才是二。

但圣人无须奴仆,

他懂得上下无异。

二比一多,

主人比奴仆多。

我到过国会,

在资本和民主的代表中,

学会了日趋娴熟地耸耸肩;

我还去过工厂车间,

见过双下巴和肥手指的工厂老板,

他们很舒服,

在支票和大腿之间,

与他们的朋友、军人和神职人员一起。

上帝在教堂有忏悔室,慈悲的主,

承担一切,

无论善恶,

也无论人们为和平或报复。

语言在此无济于事,

语言在此无济于事,

砖石和耳虫说。

64.

我们流泪

泪水涌入万丈深渊

但盐海中没有手

向我们伸来。

65.

曾经有些民族，每逢自然灾害，原文单数"有个民
　族"，为什么改成复数"有些"？
就对统治者说，他得下台，
因为他违背了上天的旨意。

于是人们再次祈雨，
祈求结束饥荒和瘟疫。

但今天每个人都明白，
知道事情的真实源头。

当寒冬延长，
贻误春天，当人民分裂，
一方无所事事，
一方辛苦劳作；
一方继续高贵，
一方自我卑微。

但一方似乎全然无辜
如云悬在变暗的天空。

66. 致一位过客

当我用左眼看你，
你不会更美，但我的眼睛抵达你的路
会更长。

换一个角度，你会被拉得近些，
然后右眼记录
你行走的步数和悠闲的手势，
那些你在学校和演讲厅所学的东西。

我们都知道，
你不会转身，
不会戴好你的帽子，
也不会摆出最漂亮的姿势。
你宁愿证实偶然的存在，
让自己成为梦寐以求的立像。

但我们渴望，
曾经与你

只被一扇玻璃窗隔开。

67. 致世界

清晨当我推开窗户,
一只鸟误入我的房间。
黄昏我才把窗户关上,
但你的路途没有这样的风险。

68.

在房间深处
我感动着之前无人感动过的:
我自己。

69. 市民之歌

携带着世界秩序
他支持取消虚拟式。

这样才，他说，一切明了。

但我们相信，他的明了如水，
是为当下不激起任何喧嚣。

70.

深入自我
我不想考虑
脏到指甲下的僵硬的双手。

真是完美无瑕啊。

因为每个词都出现
相反的意义。

只有我，置身度外又投身其中，
变与不变都无所谓。

那仍然留在房间里的，

之前我的亲眼所见,

现在已经离我而去,

消失在不可区分的混沌里。

71. 结论1:

时代要求人们超越自我;那放弃自我的人;它要求
　人的对立。

爱已失效,因为它假定了恨,好只在坏里显现。

72. 结论2:

....

73. 一位市民的诗

最后的日子是栗子的世界:

对十一月墓园的肤浅感受。①

---

① 德国人会在十一月上坟,用松枝和栗子装饰墓地。——译者注

74.

我不是宇宙,
也不是世界,
更不是造物主,把天空和大地分开,
让石头如白云梦游。

我不是历史,
不是大旱灾,
不是来自东方的圣贤,
也不是勿忘我。

我就是我,
远离开始与结束,
无关影子与身体。

我在大荒原中完成
自我塑造,
在东方和西方之间,
传播伟大的变,

只有我活过了自己
在更大的空间。

75. 一位女市民的墓志铭

我对我的希望保持沉默,
直到青苔长出我的唇间。

76. 市民之歌

我们从南方来,
他却把门向北方开。
只有天空的黑鸟知道,
我们无力抵达。

77.

窗前乞求拯救的人
越聚越多。

但我只能继续遣词,
造出离他们更遥远的句子。

78. 市民之歌

在悲伤与悲伤之间
一只蛱蝶飞上天空。
它的双翅触摸到地平线,
大睁的眼睛
却只感知自己。

有人看自己如看镜子。

但有一次,当他进入镜中,
就只想离去。
然后一切复原成
他不在的样子,
成为测量新的痛苦的工具。

79.

我坐在这里
双手交叉平放,
练习遗忘语言。

80.

从这里看,大地就像水龙头里的一滴水,
它倒进的永恒,是我自己。

81.

我的墓将是某一天,
它的单纯比我的生命久远。

第二辑 临渊之悟（1974—1979ˊ1985）

前言

距离我第一次到北京,已经四十年了。那次行程决定了我的生活和写作。当时我显然受到两种影响:一是跟写诗有关,唐诗对我影响巨大。我在去北京的前一年(1973年)完成了关于晚唐重要的代表诗人杜牧的博士论文。二是我在一段时间里醉心于时代精神。在波鸿鲁尔大学期间的哲学课(哲学是我汉学和德国语言文学外的第三专业)上,狄奥多·阿多诺和法兰克福学派就这样对我产生了影响。另外,在我抵达当时的北京外国语学院后,我开始翻译毛泽东的诗歌。众所周知,毛泽东的诗歌也受到唐诗和宋词的影响。

因此以下诗作的用词,在今天看来,大多传统而古典。这得首先归功于我在中国古典诗歌中所学到的东西。那背后起支配作用的美学,即在诗歌里最后起决定作用的意境,尽管来源于中国(220—960)的诗歌实践,却也凝聚着狄奥多·阿多诺关于现代艺术角色的思考。中国美学一直到今天还影响着我,但最晚从1989

年起，我就开始对法兰克福学派的主张有所怀疑。

这本诗集写成于 1974 年 11 月到 1975 年 10 月，还有我 1978 年第二次访问中国期间（和我柏林的学生一起），以及后来 1985 年 3 月的德中作家会面之际（如第一首诗）。我大约在 1978 年就决定用"临渊之悟"作为标题，它将两个不同的观点结合起来。一方面，通过佛教的禅得以顿悟，如杜牧很多诗中表达的那样。另外，启蒙是法兰克福学派曾经并继续倡导的。形容词"深渊的"，当然有双重寓意。我一直认为，人类生存的知识深度，可以通过抒情诗的冥想得以抵达。与之相反，在世界历史的进程中，最后的认知尽管显得值得追求，但那只能有条件地抵达。

有一些诗歌，我用了令人困惑的"无题"为标题。这是我采用了某些中国诗人的做法，不给诗取名，只以"无题"命名。

当时我去北京，是经过雅典、曼谷和香港，回程经过日本福冈，再经香港。日本文化之美向我展示得较早，而我很晚才找到进入中国港口城市的通道。此外诗中间或出现当时的生活情景，比如在有关城市"长沙"的诗里。长沙我去过三次（1975 年、1978 年、2001 年），每次都有不同的发现。我还谈到过一次"机器的幸福"，好像在第一首关于"北京紫竹园咖啡馆"的诗中，但在最后整理时，我删除了令人生疏的短语。我对这些快四十年的诗作的修改是节制的，只对一些语言上的笨拙和意识形态上无法接受的段落进行了改动。此外就是对一些视觉上的美感（排列、章节）进行了处理。

再次感谢出版人和杨炼。如前所述，他们在实践和理论上，都陪伴和支持了这套早期诗作的出版。

沃夫冈·顾彬
2014年7月于北京外国语学院

从桂林到阳朔的船上

水在河面行,
而非天空下。
此路于船轻松,
于山沉重,
未磨之刀,
切不开羊皮纸。

天空把云
囚禁了三天,
如身体之于心。
彼此皆不安,
但别离之前毫无征兆。

(1985 年 3 月 16 日)

香港喜来登酒店的中国小姐

她也是
实然和应然①的统一。
出生于纸箱或棚屋,
怀着注定要挨饿者的希望,
最后拥有了梦想,
却隐去了真名和出身。

能拥有今天,她感谢
从她的生命中摄取活力的人们。

---

① 实然和应然,康德的哲学概念。

从九龙看香港[1]

比如夜里的九龙,

进入纸醉金迷和归化之夜。

人们披裹麻袋,藏身纸箱。

有脚跨过,

唯你独尊。

但在清晨,

楼宇层叠冲天,

香港,

在雨雾中沉寂。

石头和雨滴

恍若在美中握手言欢。

这里曾经的诗人,

---

[1] 此诗借用了阿多诺的审美观:资本主义下的艺术会自我满足,并通过其美丽掩盖社会矛盾。

很想分配这些场地,
把自然给水泥,水泥给自然。

但我们早知道,
自然比人造之作厉害。
它最终会掩盖,
那些让人难受的东西。

十一月的北京

对于旅居异乡者,
本埠的一切都来自梦中:
介于枇杷和柿子间的脸,
除了颜色,无所寻觅。

北京德国使馆的圣诞宴会

1.

每个人都像从冥府冒出,
为了在年终之前,
再活一次。

2.

荷尔德林,
这来自童年的名字,
夹杂在人们的谈笑中
直到吃喝结束。

北京紫竹园咖啡馆

仍有几座新桥,

冬日阳光下水凝成冰,

天空的塔和树,

不值一提。

据说,

苏州在此这样建成:

乾隆当年下江南。

那里一如往昔,人美,

水秀。月下的笛声

和山上的鲜花,

让世界飘然坠入梦乡。

那就以梦挡风,

阻止沙尘入肺,

桥相连，水相依。
一条苏州的街巷就此形成。
人们可在那里巧笑，
商贩可在那里经营。

百年之梦落地生根，
百年之战由此引发。

今天我们知道，
没有必要南园北迁。

在这里的太阳和火炉之间，
两腿交叉，双手把杯，
看附近的厂区：

门下无非是女工们
笑声爽朗。

无题

有人说,
只有语言永恒,
并从残余词汇的疮疤里
获得拯救。

但我们知道,
没有一个词
比它喂养出来的矛盾
更长久。

一九七四年圣诞节

她本可安静,
并满怀希望,
但一杯酒就让她
故事纷呈。

无题

邮票显示,它很远,
甚至比诗更遥远。

过去的传说
已彻底结束。

无题

该有一次睡眠,
不分
上下,
远近。

该有一场梦境,
沉重很轻,
疾苦很乐。

该有一份安静,
永被庇护
免遭轻贱。

但它们不曾一试,
只留下
时间。

无题

说美丽,长久
意味着什么。

啊,
不用太匆匆,
你该知道,远方
只有死者
在梦中。

紫禁城的百年蜡梅

它也曾虚度,
现在以真实的盛开,
改写了理想主义者的
自然史。

还能再说,
诗人此后无用么?

长沙

我也来到橘子岛,
独立洲头,见湘江
真的北流,见万山
本色,笼罩雾中。

没有橘子,阳光
只在春天来临。

我还看见几个男人
学习革命,在江里
破浪前行,奔向岳麓。

朱熹曾在那里住过,
他的著作早已被人遗忘。

爱晚亭上红旗飘,

黄昏来临,

我们寂静无声,

万物归一。

湘潭

忆湘潭,

我曾在无产者的雕花石膏

屋顶下,

倚柱而立,

见红土上的村庄,

稻草掩映,泥墙隐现,

茶树满山,

好奇的人们,

停泊湘江的几叶小舟,

此外别无他物。

韶山

1.

人们在此发明了韶乐,
不分种类,
山,后来凭空而立。
然后是农民的长矛。
那以后黄茅屋耸立在红土地上。

2.

也曾匆匆跨过长江。
阴云密布,
飞鸟长鸣。

道家儒家曾经在此,
现实在角尺里消失,
神光四射。

苍穹下浑圆的山头,
红色的大地,雨后
被染绿。

黄河边

几处沙滩,

远方一叶小舟。

我只见浊黄的水,

被河堤耐心地围住。

谁会相信,

这就是黄河?

洛阳

途中我见到古城。

河畔的卖柿翁。

夕阳下的洗衣槌。

一个盲人被搀扶到路边。

几百年就此结束,

皇帝下马,

诗人梦游。

我还见到新城,

公寓楼,破裂的窗户,

敷着纸,蒙着布。

几只母鸡

在楼前的寒风和尘埃中觅食。

龙门石窟:

菩萨,被砍去头颅。

两座古坟：
主仆同墓
依不同的礼俗。

留下：
挥动的手，如此近，
静默的山，如此远。

北京卧佛寺[①]

1.

阳光下干枯的老松,
山上千年的古道。

寂静。风里的钟声。
佛在睡眠中长存。
1949 于他只是数字。

斜倚黄昏的
是他的一群沉默的弟子。

莲花闭了,
暮色笼罩亭阁。

---

① 这组诗借鉴了狄奥多·阿多诺的美学。

2.

艺术是权力的娼妓,
沉默即谎言?
是的,现在都这么想。
感谢哲学家,
无聊可以习以为常。

矛盾只是
文武之事?
如果死了,你
也许不愿避开
市场规律,
和过去的永恒。

3.

存在的事,
按美的方式,

各自为己。

但诗歌从未让它们分离。
一切主体和客体联结。①

4.

你的笑没能
让佛从被遗忘的睡眠中醒来。
风里的钟声也徒劳。
唯有莲花在你眼中闭合。

千年的沉寂。
人们想从你身上夺走,
然后再将你
孤独地遗弃。

---

① 主体和客体,黑格尔的哲学概念。

5.

有人能保存
传统之物,
并称之为和谐,
美丽和信任。

她的笑,她的战栗,
那出人意料的不安:
千佛,
从恐怖的宁静中醒来。

6.

这一年就此度过
在每个人的虚荣中。
眼泪不值得文学书写。

谁会严肃对待它呢?
人们已经习惯了战争,
和性别死亡。

7. 在樱花谷 ①

门口支起脚手架,红的白的。
墙拆了,
意味着,秋近了。

男人们拖着柴枝走过。
梯子很快搭上大树,
柿子被扔进手里。

红叶预感到
自己将被
尘埃带走。

---

① 樱花谷,位于北京卧佛寺景区。

（北京）海淀区服务小姐

如果她打扮成小资模样
大概会被当作美女。
披发散落在充满期待的枕头上，
多褶连衣裙，邀请的手势，
但她不愿那样，否则她肯定
会成为我们追求的对象。

在这里她是女同志，
不会唤醒你的欲望，
只会让你想回家，
回到你的寂静岛，
希望和空想中的那样。

北京到无锡的火车上

经泰山,
群山飞逝。
黄河早已天际流。
夜过长江,
太湖在晨曦里踪影杳无。

太湖泛舟

帆飘向远方,
山倒映湖里,这是
诗画中的仙境。
船伸手可及,
逆水而上,冲天而行,
风中碎片,几只母鸡,
眼睛在云端迷失,
碗在孩子和老人干瘪的嘴边。

从前他们的尸体漂浮在水中,
今天他们活在白衬衣①的光里,
摇扇摇得精疲力竭。

---

① 白衬衣,当时的干部喜欢穿着白衬衣,坐人力小船游太湖。

某女士

1.

在那
海藻、发夹和纸堆间
沉默了四分之一世纪的房间。

寂静早已拔剑出鞘:
她的战栗,她的苍白
在时间的门缝里。

2.

树与天空、大地的
真实关系,
比几千年历史更明智,

它们只懂主仆关系。

树枝伸向天际,
黑与白,
美学家的死亡陷阱。

3.

目光苍白地诞生,
极其偶然的表象。
她是谁,
多闲暇的问题。
时间粗心地虚构了她。

4.

夕阳刚被西山①吞噬,
已从黄河升起,

---

① 西山,位于北京西郊。

经过泰山。

三次醒来
仍在长江上,
他梦想的缺席。

5.

有人的时光会倒流。
比如她的天色不会变亮,
晨曦朦胧,
仿佛隐藏拐点。

6.

晨昏
不可区分
她
遁入夜色
秋红是唯一的踪迹。

7.

黑与白
被分给传说。

我看穿你：
处处红叶。

8. 中秋在紫竹园

蒙尘的山，
水上无趣的桥。
茶水凉了，
小舟泊岸。
宝塔遗留下沙砾残根。
唯有柳枝
垂残荷。

9. 北京清河

收割后的玉米地,
灰色田野上的麦秸堆。
雾里的太阳,
高悬山上,
照进小巷,
红,
但颜色被禁忌,
包括小米的黄,
干枯的向日葵,
黄昏小溪上的雾岚。

10.

去看,去信任,原本简单。
宁静的专注,
窗口的树影。

菊花一词从来不可说。
沉默中的你不过是,

它无用的过错。

11.

摘下眼镜,
书已读完。

她们仍未变得聪明。

太阳如扇打开,
夜晚之门。

12. 去康陵

风中的玉米林,
柿子,
红色比秋天来得早,
在废墟鲜花,
和一些黄色之间。

松柏向天,
墓在河岸。

生和死,
无聊的问题。

A.B.C. 先生[①]

石墙将他吐出,
花坛,
带着公牛的脖子
和尚的笑。

那以后他就贩卖,
时间的所需,
它们的同类,
惠灵顿的牛肉,
塞萨尔的沙拉。

在这沉默的一年,

---

① A.B.C.,人名 Anthony B. Chan 的缩写。

话语的一年，
他解除了佯装，死了，
回归沉默的原形。

上海去桂林的火车上

黄花,

瓜田,

黑牛,

睡童,

红土,

绿稻。

虚构的风景,

并非诗人的。

桂林到阳朔的船上

1.

红帆,青山,
远方的美景。

眼前:
桨打激流,
老翁衣单。

2.

山,手指朝天,
没有拳头,隐藏的手。

水牛,犄角,

儿童
酣睡脚边。

干部脚穿人造革皮鞋,
手表,相机,
巴基斯坦航空。

甲板的货包上
农夫的赤脚。
随后岸上的挑夫。

北京十月

红旗,红叶,
革命无处不在。
空旷的虚无,空旷的秋天:
万千倍的虚空。

九月九

枯叶,半月,
秋天只是一段传说。

米芾涉水过山谷。
浓雾后的西山,
和他一起消失直到清晨。

日本一九七五年十月

女士们今天流行
玫瑰红唇和苍白粉脸。

比落日和白云
来得更早,她们创造了
自然的病态。

无题

回家,回到命令下的自由
(去买,去送),开始
在全方位的爱中操练。

圣诞,金钱的诞生。

曼谷

腹压沉重,镜头如阴茎伸缩。
我一分钟三十六次,
恰似一筒胶卷长。

曼谷:纸醉金迷的欢乐窝。

重返橘子洲

湘江北流如故,
竞长空:远辽阔,
积云厚。

山林待红,
入暮色波光,
偶现涟漪中。

回忆 T[①]

广州又雨,
一别三年,
电梯相见无语。

天对地,
料想如此。

[①] T 也许与"A.B.C. 先生"是同一人。

长沙烈士陵园

别的时间也许属于
月亮和夜露。
白花,不能从雾里分辨。

寻常的界线:硬币的两面。

第三次去韶山

云下的红土感到了
山河沉寂。
只见门内腿脚如林
总络绎不绝。

出门之后,杜鹃被采摘,
多么神圣的拜谒。

致去上海的她

不合时宜的夏天,她走了,
很快柿子红了,那冬天的旗子,
在思想多变的春天里。

无题

虚无是，山或我。
山是透明的，我是他人而非自己。

第三辑 动荡的安宁（1976—1985）

前言

动荡其实是件好事,没有动荡(摆动)钟表就不走,但人们又渴望安宁。于是在现当代,怎样才能获得安宁,有时就成为宗教和哲学之外一个有趣的话题。

我由哲学和神学转行而来,因此,我所有的写作都或多或少带有哲学和神学色彩,尤其所谓的爱情诗。如同德国巴洛克诗人或者中国古代诗人,女人的身体在我笔下通常只是一个去感悟造物主启示的创作诱因。

文学"稍后"才成为我的第三位所爱。当我意识到,我确实没有足够的天赋成为一个深刻的思想家;而我对神灵不断的寻找,也注定了我不能成为教区神父,于是最后我献身诗歌。

文学从本质上讲是一种冥想,是思想与神性的结合。那种无论是在基督教堂还是佛教庙宇里得到的安宁,都很早影响了我要走的路。1969年,当我在日本待了三个月后回来,我变得像一个写作的和尚或冥想的诗人。日本让我喜欢的,不仅仅是那些石艺公园。

明斯特，我随后生活并成为头两个孩子的父亲的城市，是我进行冥想生活的一个继续。这种生活实际上也贯穿了我的一生，即使在"文革"期间（1974—1975）逗留北京也没有多大改变，我继续在一所又一所的庙堂里流连。但1977年，当我从宁静的威斯特法伦州搬迁到喧哗的西柏林，我所有年轻时的美梦都迅速结束。我的第一个孩子立即要求搬回"小房子"，但我们却留在了柏林。

那时的柏林是一座女性追求个性解放的城市，我通常称她们为"女贼"。她们为自身攫取所需，"我们要一切，并且立即就要"，这就是她们的战斗口号。男人只是她们通往下一个更大幸福的敲门砖。她们中有很多我敬佩的人，由于对他人尤其是对自己要求过高，已经过早离开人世。

本诗集就是关于上述内容。它们大部分写成于柏林期间（1977—1985）的梅林根广场，在形式上借鉴了日本的俳句、中国的绝句，还有朱塞佩·翁加雷蒂和埃兹拉·庞德的诗歌艺术。用词简洁，很少隐喻，有限的词汇通常被控制在古现代和东亚传统的框架之内。

那时的柏林很反叛动乱，整个社会都很松散，没有能让人冥想的地方，警灯和警笛声充斥了每天的生活。占领空屋运动和成立反大学组织，就发生在那些年里。

我虽然也参与，但并未真正投身其中。

  这些诗作当时的写作时间，现在让我感到陌生，并经常弄不明白。但我既然保留下它们，它们就肯定有过意义。只有在诗组"水子"里，我删掉了一些，并把它们整合在一起，因为我无法查明最后六首诗的写作时间。"水子"，日语中是指被堕胎打掉的孩子。

  柏林是一次危机经历，我不想再去。最后我很沮丧，不得不重新开始。相对于先前的寂寂无声者，也许我算成功了。如果那样，也不算大成功，而是一种永远的、我几乎无法与人分担的痛，更遑论与那些死者。

  在校审内容时我已经对有些诗句进行了改动，并通过增添标点让句子更好理解。这在我看来很必要：在几乎三十年之后，要对这些发黄的诗句重新理解，希望有一条更清晰的思路。

沃夫冈·顾彬

2014 年 5 月 4 日于北京

假设

1.

词语的诱惑,
去信任远方,
痛。

这样我们就成了,
天堂对话,
语言先锋。

2.

不合时宜
仍会
成为时尚。

宽大的温和,
机枪扫射,
主体——客体。

你和我,
政治之岛。

她也

1.

她也
从苍白中
被挖掘——出来,
如云在动荡的海上。

不是苍白,不是云,
不知道,来自何方。
诗,
机枪扫射。

不是诗人,
是时代太急躁。

2.

你透过她看见：
窗口的枯树，
春天
只在另一个方向。

但为什么
她沉默的边界
在你身上？

3.

深渊
他不知晓，
只让脚
在地面移动。
为什么美丽，
如此充满目的地节制？

玻璃没有空间颤抖，

她的手,
在语言中行走。

坐标上的点
聚集了
很多名字。

深渊和美丽
是她徒劳的开始。

4.

千人一面,
她抱怨
那不变的目光。

往里看,
每个人都是他人的边界。

5.

语言更累。
它们在晚年,
讨厌分离,
并行使它们的权利
拒绝陈述。

6.

睡是,
无人的身边。
梦是,
它的不可能。

7.

词语很轻。
无安全之舟渡过时间。

海，错过天空，
在船舷边，
死亡已久。

动荡的安宁

1.

窗,
秋天的边界,
日常的美丽:
万物都想
脱颖而出。

门,
朝里开设,
门前聚集了
刽子手。

不要说,
火力带后面
已是别的生活。

2.

告别是虚构的,
之前我们设置了界限。
两边密探潜伏。
你和我：一段传说。

3.

有些伤口在外,
容易当心。
目光，言语。

4.

进场，比赛规则：
保护自己免受你的伤害。
赢家：无痛退场者。

5.

退场也有故事:
每日抚摸的伤口。

死亡的路径已被标出。
它在每个人的手中
必然发生。

6.

回家
回到动荡中的安宁,
一切复归正常。

你和我,
完美的潜伏。

7.

外衣口袋里不是手,是匕首。
夏天将把全方位的战争
变成日常。

身体没有信号

1.

脸被放在沙滩上,
眼对眼,
美妙的近。

大海掠过,
地平线上的身体没有信号。

2.

身体没有信号,
美和丑是世界浅显的区别。

黑与白整天互为界限,

却在晨昏消失。

3.

身体的边界也消失,
在四只眼睑的背后
面对最后伫立的
是山
是你我。

粗心

1.

她也
粗心地投入
男人的生活。

四十多岁,
依然孤单独处,
看似她从未是别人的深谷。

2.

我用你的名字命名我的动荡。
不说,
我们不可分离。

那全面命定的安宁

早把它的罗网向我投来。

3.

入夜

在两趟地铁之间,

她如此冷清寂寞

如科特布斯门广场①的空屋。

如果真是那留下来的石砌房屋,

她也该在白天被占领居住。

---

① 科特布斯门广场,柏林地名。

粉与白

她房间里的粉与白
变成了黄昏的天空,和博登湖,
两者皆寂寞,
房间和她,
变成了雨,变成了雷。

海在树林,
她回家
带着泥土的背,
带着树叶的手。

门在午夜疲倦地虚掩。
芝麻,关门,
在自己房间
她彻底孤单。

失控

抛上
又落下
失控
在自身
我忘了天空

奥德赛[1]

1.

公交车不靠梦想而活。
它像嵌工,每十分钟就把你的脸
镶在玻璃窗后。

沿梅林档大街而下
蓝色的警灯闪烁
那是奥德修斯每天的状态。

知道么,当我们肌肤
紧贴,警笛声已在
我们中穿行?

---

[1] 奥德赛,希腊神话《荷马史诗》的一部分,讲述英雄奥德修斯在特洛伊战争后,经过十年漂泊返回故乡。诗人借奥德修斯返乡旅途的惊险重重和艰辛,来比喻柏林街头的混乱。——译者注

2.

梦是她的人寿保险,
幻想是她的经济基础。
她不属于男人,
只属于自己。

3.

她的眼睛,在海上,
随秋天远去。

在这场充满阴谋的游戏中
我不想成为奥德修斯。

裹藏在自己的树叶里,
我倾听一颗心的坠落。

想要孩子

——致西蒙和安娜

1.

我的孩子,
如市政厅被占据的石头上
一棵无根的树。

他的幻想在领带和文件夹里
发芽抽枝,
却把理性之光带走。

渐蓝的清晨
当高速公路划破世界的宁静,

如奥德修斯听见海妖的歌声。①

2.

我让你生出我的不安,
那上帝神圣的愤怒。

在幼儿园你懂得了世间常态:
每幢房屋都属于主人,
每棵树木都属于锯子。

在学校你听说宪法常识:
管理者也可以惩罚你。

教堂在你身上完成了十诫:
即使上帝也穿戴西装领带。

当你一切平静了,

---

① 在特洛伊战争后的返乡途中,海上妖女曾以美妙的歌声想诱惑奥德修斯翻船身亡。此处比喻高速公路上汽车飞驰的声音,就像奥德修斯听到海妖的歌声。——译者注

我将欣慰地死去,

在这无神的时代里。

第三辑　动荡的安宁（1976—1985）

谁住这里

谁观察它们,
那些不设防的白墙,
猜猜,谁住这里,
谁又不再住这里。

雪也不曾隐藏自己,
它大如手掌。
那上面月亮高悬,豁然明朗,
只有我们总不在场。

警戒下的爱

1.

别说,
你虚构了夜晚。
那是言语,
在白天倦了。

别说,
你虚构了森林。
那是手,
在目光里的丛林。

没有别的紧急出口
我们将逃往心灵。

在星星的海洋里

我们远游

为了彼此迎接。

2.

时间到了,

冰雪来临,

狼群向你围袭,

你的心在风中枯竭,

我却在远方哭泣。

但海洋可以穿越。

如果同时出发,

我们将在冰雪融化之前,

在中间相聚。

3.

避开丁香!

说起来容易。

我也知道它的历史,
是无处不在的告别道具。

如果每一处都是分离,
为何不从这里开始?

4.

这里的自然更巧于辞令。
每一束灌木都令你无语。

那是它在对你示好,
即使它的丛林,
是你忠诚的听众。

小草懂得你的心跳,
但不记录。
白云阅读你的思想
并随它远行。

留下的,

是你行动着的肉身。

关键词:宪法的敌人,特务。

5. 秋天的北京

目不暇接的秋天

又重新回到警察身上。

它们从晴朗的天空

向你落下。

姓名,地址?

秋无踪影,无处可寻!

夜里他们对你审讯洗脑,

满月是最能赚钱的时候,

它的胜利出人意料。

只有你站着,

如鼓胀的风筝,

在风中

在云上

在我心跳停止的地方,

如一出戏剧给民族看。

绳索断了,

我们摇晃着

一个坠向大地,

另一个飞上天空。

6.

惦想着你,我回来

带着山的颜色。

树木在恐惧中

熊熊燃烧。秋天近了。

那是猎人,

鸟儿猜想。

惦想着你,我无迹可寻,
长矛在城市的眼睛里。

一次次被逐猎进入你鲜活的生命,
难说,哪里的红色更浓烈。

书和石头

按照书和石头的辩证法：
每本书都如一块石头，
每块石头都如一本书，
时代变了：
从焚书
到烧石。

那以后图书馆堆满石头，
必须凭证才能借出。

无题

时间的尽头在:
我的不安中。
去抓,太近,
去寻,太远。

刺眼

1.

刺眼
用黯淡的帆。

陌生的风,
我自飘去。

眼睛的秋天没有睫毛。

船头着火,
我向冬天逃逸:
冰雪消融是秘密的诺言。

2.

清晨她把杯子举到唇边。
白天她回首向你凝眸。
傍晚她端起山谷的红酒。
午夜醒来,她喝蜂蜜水。
睡梦中她轻掩双肩。

她的山峦野性,
耸立胸前。

3.

你手下是海,
我手上是船。
手与手相叠
只需要气息。

在你之上船帆高扬,
在我之下波涛汹涌。

4.

纸堆后面
她命令山。
现在柴堆被召唤。
葡萄藤燃烧让地面裸露,
冬天融化在眼睑。

我只看那山,
她的背影将会使它变暗。

5. 告别的变体

话语的秋天:
呼吸走过未尽之言,
音节相叠坠入雨中。
沥青上的双眼,
向冬天纷飞。

6. 第五节的变体

她命令群山：
你们用雪罩住了我的身体，
所有的隘口都禁止通行。

但夜之鸟
已在我怀中
张开翅膀。

7.

手之死，
比如在脸上，
在凋零的花园，

在街上
没有足音的靴子下。

在尘封的窗口，
被停车信号灯映得血红，

在失重的枕头下——
头在逐猎。

8.

你的白裙,我的黑衣:
在绳索上倒挂,并排,相依,
并获得新生。

从山里来的风
在其间落脚。
它想守护
两种颜色的交流。

在它背后
羊毛和亚麻在寻觅。

尚未褪色的红斑
在夜色里飘曳。

9.

身体才略微向墙倾斜,
她就向时间过度求索,
在梦中也跑步
让黑夜延迟。

墙已裂开,
在石制的树叶下
星星裸露,
苏醒将至。

冬天,
只在睡眠的终点线,
梦见她未被描述的眼睑
睁开。

10.

你说,你学过走,
你说,你学过说。

那就打开门吧,
说,你在这里。

我学着走出黑夜,
让雨,在门前等待。
你让我进入你的笑靥,
进入你睡衣的褶皱。

我们无所畏惧。
电视也为我们惊叹。
它用监视的嘴
播放盲目的节目。

先生坐在早餐桌前
翻转小面包和鸡蛋:
三个肚皮乖僻相看。

雪茄和双腿像枪在瞄准,
我们随波摇晃,
在莱茵河上,
从海涅到卢梭的故乡。

11.

在影子之后或季节之前
我等待。

你为冬天准备了海,
为不安准备了残留的光。
你的呼吸在沙丘下穿行。

秋天即将让
雨和树叶失业。

我多想是即将来临的冰雪,
那唯一的伤口。

眺望

阳台上的大海一片沉默,

船脱下了帆,

驶回手中。

在那里它们知道,

自己是谁。

水子或三十六次尝试可能

1.

她不如我的手重要,

她只自恋,

她不如我的影子重要,

那投在我们之间的黑影。

无眠的夜里

我退到

她醒着的双眼之后,

那里滞留的光在寻找庇护。

谁的皮膜在这个清晨脱落?

双层剥离后它已消失。

我是被扔进日子的坏肉。

随着时间流逝
预料中的健康问题
不再让人担忧。

2.

我们战栗着彼此靠近,
在睡中进入远方。

我多想从你和我的逗留中,
创造出我和你的头发。

3.

多想只有我的身体
是你稍纵即逝的一面,
想象力该发现它的边界:

白天你是它的念想,
夜晚你是它的睡眠。

4.

如果身体没有边界,
桎梏挤压你的尖叫,
那些逾期的多余物
肯定在我的管控中。

但生命准备围猎:
带着互换的心跳
我们渴望彼此的激荡。

5.

我们的肉体
从精神脱落
成为活着者的有害物。

如果拥抱得更紧,
我们之间可怜的幽灵

将不再有活路。

这样我们就可能为新的焦躁,
给随时可能离开的世界
留下一双眼睛。

6.

你沉着并且
无预兆地
从我的混沌中
把时间也骗走。

现在是所有不可预测的
幸与不幸的开始。

7.

时间也是
一份礼物,

比一次尖叫更短促。

一切尚未耗尽的
就这样
靠馈赠活着,
在无声地坠入
预期的黑暗之前。

8.

在睡的远方
我已出发去找你。
呼吸之间
我张望寻觅
你的身体。

四散逃逸的头发
离开了你的颈脖。

欲望是
我们相互遮掩的

伤口与伤口之间的距离。

9.

告别也是
为国操练,
接受体检
然后入伍。

我们就这样度过了
成长的劫数。

10.

燃烧弹误落在我们中间。
军旅生涯随美丽的日子开始。

为传输冷气
我们抖落冰雹。

白色就这样阻止了
火焰变红。

11.

我们被赐予肌肤,
以便伤口不被
粗心触碰。

也为了更好地保护
赤裸的肉体。

它已开始履职
并随我们一起变冷,
薪俸就是我们的消弱。

12.

她欲望内敛,
向着阴影,

他需求外露，
被太阳托出。

所有的渴求就这样
由天气构成：
雨属于她，
月亮则是他的沉默。

13.

痕迹
无以为证
生命与她之间
一张救生网。

14.

她的睡眠是否成问题，
一条不变的语法，
一次例外状况，

一块诞生前的狭长伤口,

一场排练好的告别,

一棵夜里的植物,

在准备就绪的阴影里。

15.

多么不受约束的梦

带着陌生的告别标记

跌入并不太长的睡梦,

只有秋天知道,

它在变冷的树叶里

为冬天逼近的寒霜准备了床。

16.

两具身体

随意地

投入对方,

为了两份睡眠

合二为一。

于是一个人的安宁

穿过

另一个人的呼吸。

醒来,沉寂,

他们的黯然和绚烂

分散四方,

如果一个是西

另一个就是东。

17.

当晨光未至,

什么样的夜色

会留在眼睑:

两道目光偶遇的故事,

天空之鞘,

云遮日。

18.

(维克多·谢阁兰《出征(真国之旅)》笔记)

即将来临的时光
是
风穿过唇间。

当身体成双
我们是
欲望地带的

游牧民:
一个刚到,
另一个就离去。

19.

一切正变成
一条
弯路,
我们之间的那个生命
一枚弹头。

受孕太轻率,
九个月
庇护延迟。

20.

身体
并非
大地。

欲望逃离,奔向秋天,
为了能在冬天爆发。

21.

邪恶
未被
呼唤。
它随感觉苏醒。

准备迎接每一场决斗吧。

心房开启,
我们相互瞄准。
只有最后一枪
致命。

22.

惊恐
忽如而至
未果的
孕育生命的花蕊。

九个月后
一只猎犬滑落。

我们成为
彼此的墙,准备迎接
致命的一咬。

23.

身体损失的账单,
之前无孕:
未足月即无家,
一切都是未定的未定。

此后每一个拥抱
丧失了九个月的宽限期。

24.

那不想要的,

屏息之际,
在沉睡中毫无防御地
从流血这天剥离而去。

夜晚闭合
醒着
身体成伤口,
带着敌意。

25.

通缉令在热血里紧随:
追捕胎儿。

它带走了你的什么,
又带走了我的什么,
然后慢慢冷去。

我们曾经是谁,
答对有奖。
提问者却遗忘。

26.

我们之间所有的伤口
都在夜里变红,
为了早晨
太阳有足够的血液,
从我们中升起。

27.

头发上太阳的颜色
对于某种烙印
是囚禁。
它引领着进入遗忘的中心。

28.

敌意的睡眠

宽阔地覆盖身体。

完好无损地逃遁，
留下
死亡的面具。

都在眼里凝固，
那未曾活过的一切。

29.

枪眼之外是寂静，
流血时刻是恼人的责任。

并非每次都确保冷静，
因此最后一枪只属于你。

30.

痛苦无望地辞职，

带着给死亡面具的微笑。

遗忘无处不在。

那不想要的生命,在无人之地
漫不经心而出人意料地看着我们。

31.

身体延误
不再有生机。

只有冰
误冻成欲望,
提前融化。

水在天空的寿衣里,
四处弥漫,
为了能像云落向我们。

32.

那不在的生命
在破损的地面等候,
稀松的泥土,干枯的草茎。

它们带着友好的允诺
是追寻那未完成生命的
搜寻图。

33.

身体变得光亮
将成林中空地。

我们不再失重地
彼此迎接。

隐形面孔无处可寻,
光却无处不在。

34.

如果我们死去
会是一具昨日的身体。

在皮肤的沉积中
越藏越深。

留下双份焦躁
迫使自己,多重折叠,

有代价地进入遗忘。

35.

告别身体,
无身体者在尘世
寻找身体。

否则无以支撑的灵魂
会惊吓活着的人。

36.

临终祈祷
肉体在尘世
不再害怕尘世。

曾经的越境者,
现在只是
胎衣。

第四辑

猴子构造（1963—1976）

前言

早期的波恩文学馆负责人卡琳·亨帛尔-索思,曾对我说,我应该把我年轻时的作品拿出来,那里有另一种语言和观点。当时我不确信她的判断,仍然听从了柏林人约阿横·沙通依斯很久以前的警告,即所写的东西一旦放进地窖,就让它待在那里。我的地窖,从1964年起就搁了些东西!

如同我在前面三辑早期作品的前言中所提及的,在此我只能重申杨炼和瓦尔特·弗林格尔对我的鼓励,是他们让我对那些尚未发表的青春期作品进行整理。前三辑的编辑很容易,因为那些手稿有固定的顺序。一切都各就各位。但这一辑有最早期的诗文,它们在我内容杂乱的文件夹里,有些我已经不再记得。当我确信,即便是我五十年前所写的东西,依然还能有用时,我很惊讶。是的,它们有些甚至可以被归类为好作品。

现在问题来了,我该怎么归类整理它们?按时间顺序?假如我能重建写作时间的话。或者就简单按发现的顺序？最后我两种方式都用了，因为我总是不太确信，甚至很多仍不清楚，其中包括写于1976年、1981年、1986年的作品。

有三种文本需要说明，一是长诗《猴子构造》(1970)，它的灵感来自当时的时代思潮、登山宝训①和孟子的政治哲学。然而调子太高，只有不把它理解成慷慨陈词，而当作反讽、一种对理想主义者的幽默才合适。因此我删去了其中的散文，它们表达的世界观，在今天看来很幼稚。

还有一些是歌词。我直到20世纪60年代末还作曲，或者将自己的诗歌谱上吉他曲进行公开演唱。为了适于演唱，这些诗歌形式的作品并未严格按诗歌写成。尽管它们也许算不上"好"诗，我仍然没有毁掉它们。

第一组诗就是这样，它们是1963年受现代法国、西班牙和意大利诗人影响而写成的。但你能从个别诗中读出乔治·特拉克尔的调子，他是我当时的偶像。很多短诗以"无题"命名，这一特点，大概是受到中国古诗的影响。最晚从唐代开始，中国就出现了这种形式的诗歌。

沃夫冈·顾彬

2015年2月27日于波恩

---

① 出自《圣经·新约》。

杂色生活

旅行

从冰川纪到冰川纪
每一处都与众不同。

身体只能
靠余下的体温证明,
融化之前早已冷却。

无题

如果人是鸟,
墙会高入云端。
如果人是鱼,

堤将深至海底。

多好啊,
既不能沉潜也不能飞翔,
既无翼翅也无鳞鳍,
思想却拥有广袤的天地。

格言之歌

A

你的建树和一生所爱:
如秋叶不经意飘落路边。

B

一捧树叶:
两个夏天,彼此耗尽。

C

青春还未完全绽放,
就已步入垂暮之年,
然后死于
百货公司纷繁的广告。

只在浏览时尚中经历四季,
面目突出,渐行渐远。

D

书桌上的太阳:
随书页翻动的风
如扇打开。

E

深渊在后,
安宁不会满足于安宁。

每一个词、每一个手势都自寻不安,
水珠,从大海冲向天空。

F

被迫安宁,
这个问题惊吓了我,
为何唯独我如此宁静,
即使世界再无根基。

还没有人学会看这个世界。

G

街头咖啡馆的桌椅被收走:
现在落叶的飘零更难描述。

杂诗一

1.

我最大,青蛙说,
然后跳入池塘,无影无踪。

2.

话如此重要,
以致有人专注其中,
赢得更美的智慧。

只有我把它投进自己的深不可测,
并且知道,一旦明了,
万物将重归于俗。

3.

我多么孤独,园丁说,

随后被鲜花绊倒,并感谢提醒。

4.

月在天空,
我在我。

天将亮,
谁将拥有更强大的自我。

5.

生命短促,智者说,
比我的句子更短。
只有无语者,
永生。

很快他就葬身大地,
没有刻着日期、十字架
和悼词的墓碑,

残骸与腐烂物在一起,
难以区分。

只有这首诗
今天宣布
他精神的伟大。

6.

从树下出来,
我和它的影子难以区分。

风在草丛下渐渐沉寂,
我的呼吸也一样。

7.

烟雾飘过山岗,
只有屋顶追随。

人和他的作为
比山大。

留下来的人,如果真的能够
把它挂在自己的腋下,
就有比拐杖
更坚实的支撑。

8.

我自由,自由者说。
路边的花朵
不再盛开,
斜视着地平线的太阳,
如高处的鸟儿
消逝在郁闷的心里。

我为自由者惋惜,
用词语的辽阔
和字母的深邃,
为他创建了一个新世界。

现在他蛰居在太阳、鲜花
和鸟语间，
也在满满的温暖里。

9.

船在夜晚出发，
桨划过水面。
浪轻拍海岸，
寂静中的小路。

清晨的出生者，
读不懂它们。

10.

雨在柳枝间
停歇片刻。

从一片叶滑落到另一片叶，
想象不出还有更好的日子。

只有被禁锢在窗后的眼睛，
开始再次变得不安。

11.

鸽子飞过深渊，想：
如果没有空气阻挡，
我会飞得更轻松。

12.

有人问贫瘠大地上的鲜花，
为何只有它避开了时间的磨难？
未受其摧残，
鲜花为之惊讶并随即凋败。

贫瘠的大地为此高兴，

它漫过鲜花,

让自己更快扩张。

现在人们死在路上,

感觉不到美丽,

只有更加深重的苦难。①

13.

太阳,透过烛光观看,

比烛火更小,

但一口气能吹灭烛火,

却不能改变太阳的轨道。

---

① 此诗是对阿多诺美学的探讨。

杂诗二

1.

树叶的簌簌声渐渐沉寂在坚硬的地面。
太阳消失在光秃秃的墙后。
温暖从前来自内部,现在至少需要辛劳。

2.

石头相叠,以为能长久。
春秋被埋葬在沥青下。
只剩一朵商场颜色的花朵:
人躲在窗后,炒股分红。

3.

空虚如此巨大,仿佛天空能坠入其中,
然后永不可见。如果我有足够的理由,
众人眼里的痛都能得到医治。

无题

1.

她的门口
无数的梦被放逐。
不允许傲慢。
诗人也得在此止步。
远方,数字的传说。

2.

仿佛她的惊鸿一现,
风景变幻
在阵雨后面。

传说被轻信,
两者不可区分。

圆明园遗址

夕阳下的稻田里,
与你迎面而立的,是长春园,
群山环抱,雪橇留下
深深的辙痕,猪的嘟哝,
和农夫的嚅声,
犹在耳畔,妇人的鼻涕
也尚在眼前,
贝壳,维纳斯娉婷而出,
夕阳下与你迎面而立的,
是高大宏伟的古希腊拱门。

从前的统治者建造了它,也毁灭了它。

诗人该哀悼这里的寂静,
众多破损的动物雕像,
岩石与沟壑的专横,
它们曾是百年前的艺术,
随后就是百年前的战争。

但此时,每一道目光

都在黄昏升起的炊烟里安歇。

无题

有人在这里死去,有人在那里死去。
消息日复一日,让人麻木。

人们早已知道,并最终明白:
死亡从不自给自足,
也不民主。
它后面的人早被鬼魂定罪。
从此艺术和思想失去秘密。

每个人想要的,并非动荡,
而是万物祥和,是曾经被验证的美好,
现在它在香烟广告中,
在竞选的承诺里,是为了将来,
在变革中出生的人。

无题

一匹马,一个公主。
马断了腿,公主哭泣。
日报上的眼泪让有的人,
发出前所未闻的死亡尖叫。

从路堤遥望多特蒙德

资本和自然似乎此处和解,
在石头和种子的专横中。

小艺术

曾有人说,生命短促,唯艺术长久。
今天有人说,也许留下来的,
只是放荡有时能活百年的生命。

（各地）散诗

约克大教堂地面墓碑头像

死者有先见之明
自杀身亡。他允许
人类的脚，长久地
将他踩在地下。只留一只眼睛
无奈地回望生命。

不久他将闭上这只眼睛，
因为知道，他将不再被需要。

现在别的死者比他做得更好，
以致没有法律能够
约束他们。

泛舟卡特琳湖

在游船启航前
摘一把最后的石楠草,
带上同去重要的时刻。

我丈夫早餐爱吃奶酪
晚餐爱吃香肠。

岸边听人这样说,而非想象。

哦,这个也带着同去吧,
在投资失败的沮丧
和反思后。

游船携带一切出发,
驶入起伏的波涛和不平静的心中。

出来,对于发现自我,
是个好词:

群山连绵去向远方,

消失在左边,遥不可及,
本韦纽山。

洛蒙德湖边的瓦登纳

在格拉斯哥,
上个世纪仍在继续:
房屋太老,山谷窄得
经不住一声叫喊,
脸撞脸,
为了偶然成为自己的偶然。

但风景在此走过并驻留:
一场阵雨就把一切
抹去细节,带入模糊。

经埃门丁根去恺撒石都

可妮亚·施洛瑟尔,
1777年6月某日去世,

但作为歌德的妹妹

仍为后世所知。

今天她的墓地

在铁道和公路间的丛林里。

尘埃和常青藤是它最忠诚的伴侣。

她哥哥为这座城市留下些诗歌,

无处购买。

而没人爱过的女人裸体画

却在每个报摊廉价出售。

再见纽伦堡

现在丢勒五百岁了,

比活着时重要了五百倍,

全世界的人都汇聚一起

从他的画前走过。

他该躺在苹果树下

静候四季,

那会是他最美的作品。

本特拉格宫

马车夫曾经坐过的地方,
现在积雨成洼,爬满苔藓。
路上铺满最后的落叶。
庆典早已沉寂。
风中一扇半开的门。

特里尔：竞技场

所有的激情和暴政都已平息。
感谢小草,感谢树。
曾经的血染沙场,
现在悠闲地走过
抱怨汗湿衣襟的游客。

时代在变,有人说,
不是时代,是竞技场。

游客在摩泽河畔贝恩卡斯特尔

几根葡萄桩,一道河弯,
房屋,按几百年计算。
太阳西沉,群山绵延。
大自然留下的,人们围上栅栏,
按手杖和阳伞的法则:
于是所有的生命
都如一枚硬币浑圆。

维亚雷焦[①]

在寻找
巨浪滔天的大海时,
我们发现沙滩被测量,
海水被数点。

---

① 维亚雷焦,意大利北部一座城市。

波涛、云彩和钱币
浑然无语:
天地似乎永远和睦。

美第奇墓园教堂

有人把石头垒起
为自己建造了地上墓园,
入口如此阔大,让每一个人
走进和经过时,犹如奴仆。

祭坛和墓壁镶嵌着宝石,
太阳的光芒也自愧不如。
那是曾经活过的生命
给整个世界留下的标记,
用以证明,在这石头的天空下,
他是永远的主人。

但小草早已准备,
蔓过他的至尊。
拥有高贵灵魂和金钱的人,

派无产者去重建他们耻辱的纪念碑,
年复一年,直到他们也被
沃土和小草覆盖,那里,
无人知晓,也无人前往。

蒂蒂湖上的脚踏船

一整天都在波涛上,
现在安静地停泊岸边,
好像一直这样聚在一起。

黑森林里的夏普巴赫

心有恐惧者,
现在应该在此安息。
一切都该有固定的准则,
那些无法固定的
便无不非议。

因此人们在此相聚,

为画报和卑躬
全副武装。

帽子遮挡太阳,
拐杖以防摔倒,
只有后背留在家里,
抵挡来自各方的害怕。

就这样在你的小王国里蹒跚学步,
即使走不了多远,也挺直腰杆。

罗马

在这永恒之城我只发现
天空永远高居其上。

题赠

致永不疲惫的利他者

你把你的手给那些人，
他们对工作只浅尝辄止；
你把你的微笑给那些人，
他们整日忧心忡忡。
你自己所剩的，
是故乡给你的误解和冷漠。

曾经爱你的人，
现在只爱别人。

致百万富翁

刻有你名字缩写的金戒指
在你看来,比除你之外的一切都值钱。
因为它反证了你的身份:
你就是你。

有什么不能被你用戒指成就?
只有你多肉的手指知道实情。
年复一年疼痛加剧。

致自己

你更愿意在树下消磨时光,
看云,即使它们并不创造财富。

你更愿意追随落叶的金黄,
啊,雨会发现你们更加快乐。

但有太多因素,阻挡秋天,
和云。为什么树和你,

所有的云舒云卷,不该退后?

致资本家先生

因为别人太傻,
他们为你劳作,
帮你创造财富,
让你现在拥有
飞机和游艇。

没人求你,
同他们分享你的所有。
毕竟你给予了他们面包和工作,
他们应该知足。

致百万富翁的儿子

有人为你留下百万巨款,
如留下漫长的百无聊赖,

以至于那对你过于沉重,
需要他人来为你分担。

致无名战士

有人把整个民族的荣誉
压在你肩头。
现在三者皆亡,
谁知道他们在哪里。

学校里继续学习十诫,
国土上继续组建新军。

人又够了,
靠武器赚钱的人,
也必须得到保障。

致未出生者

你母亲在欢乐或痛苦中

迎来了你。
别生她的气,
你也没耽误什么。

致妓女

有人来了,用钱衡量你。
这很简单。面对如此多的肉体
与活物,为何别的更重要?

他抓捏你的屁股,
当地球仪把玩。

当他觉得地球仪无趣,
就趴到你身上如同趴上旧床单,
忘掉众人,轻松快活。

也许他还会再来,
并问起那个沉默的女人。

致自杀者

绳子,
该更长,
如你的痛苦。

你俩不该
相互比量着去死,
而该高兴不再孤单。

致工人

我为你写够了你的苦难,
把你写进文字里。文字曾经
于你陌生,如水于火。

我没能给你更好的未来,
那里有你眼中的日出,
和你时常仰望的天空。

我把你写进苦难里,
写进你和他人的愚昧里。

我像主人，把所有的责任推给你。

但现在让我们不要疏远，
因为更大的苦难不会把我们分开。
那是我们至今尚未共同成就的。

今天我们要用言语来赞美：
未来我们会坐在宝座上，
让所有的对手围绕我们

如木马围绕它的中心旋转。

致诗人

清晨起床，
你赞美如此黑夜之后
床单的洁白。

你没能为白天打开自己，
如同早餐桌上的鲜花。

它的花瓣掉进你的咖啡。
你没看见,在这个清晨
它也没映照你的脸。

你长久地看着这片花瓣
在咖啡里旋转,
而让咖啡渐渐冷去,

如窗上的冰凌。

它本该泄露你的秘密,
如果你的呼吸没有不同于它的希望。

整个世界就会在这个清晨
穿过你敞开的窗户,进来。

但你感觉太冷
如天空和那上面的天宇。

你等待黄昏,希望
它能带着你
像带着地平线消失,但你

只看见花瓣飘零。

这一整天都不能说的,
你知道的和我一样清楚,
比天空与花瓣间流露的更多。

你将携它入夜,
用秘密填满黑暗。

致办公室职员

清晨你面临白天,
如面临失眠的夜晚。
从你的昏暗中升起的太阳,
也很苦涩。即使它的光
也只被你的悲伤滋养。

去办公室的路,经过茫然的目光墙,
如此漫长,消瘦如秋叶,
每一阵风都将是你的敌人。

啊,路边的花:你会被它绊倒。

在清晨与夜晚之间,
在文件夹封面
和那些只让你感觉陌生
而不再有意思的标题之间,
你相信,你的生命
如玻璃窗上的一滴水珠,
正在日照下干涸,
只有手指小而胖的老板,
才轻松享受温暖的生活。

但草丛下他也会如你一样
无人知晓,只有墓碑比你的大,
为鸟儿和永不疲倦的植物
提供更多空间。

人物肖像

B

1.

如果你问,在时间的落差中
她还剩下什么,
她沉默不语。

每一道眼神,每一个手势,
都是一座小小的王国,
总是被偶然终结。

2.

有人认为,玻璃珠生长在糖果瓶里,
为躲避麻雀被保护起来。
弹弓让这成为可能。

喜欢静物的人,需要安静。
但安静需要石头,
在瓶子炸裂之前和之后。

阿伽达[①]

如果有人在这没有树的街头
看见了他的一点渴望,
就归咎于他的造作。

因为大家都被告知:
曾经的美丽和将来的美丽,
不过是生不逢时者的梦想。

---

① 阿伽达,巴勒斯坦女子名。

C.

她喜欢睡地上,
但她的朋友们有钱,
也有沙发床。

那以后,属于她的可见的东西,
从下到上全部消失。

谁今天看见,床垫托着她飞上天,
也许会相信床垫的魔力,却忘记了
另一种眷恋大地的力量。

H.Z

1.

她带着她的矛盾散步
如别人戴着宝石。

它如此美丽硕大,

让我过目不忘。

我们相爱于

命题和反命题里,

随即忘掉了矛盾。

2. 梅兰

妈妈爸爸坐在那里吃很大很大的冰激凌,

身材浑圆,来自德国。

那是五月,

春天来到杜鹃花枝头,

不介意

艺术和低俗的不同。

人类生活和自然界的高坡下,

即山谷的方向,

井堡[①],
那里曾有思想和预言
在时间和永恒里融合。

但唯有你尚未如愿,
你的手在冷暖之间
伸向我,如一道影子投向水。

3.

因为她的苍白和羞怯,
我本该离她远些,
比镜子的景深更远,
像一个重返自己的圆。

我本该想象出
深渊永远无法跨越,
还该为她想象出
像天空那样巨大的死亡,

[①] 井堡,庞德在梅兰的井堡写下《诗章》(1958—1962)。

写些充满痛苦的诗篇,把文学史拓宽,
如果我仅仅只是一个诗人。

但我却接受了
她的苍白,并请求你们,
未来的读者,
原谅我的目的:

不是拯救文学免于死亡,
而是拯救百姓
出离痛苦。

M.B

被送到人间,
做点什么,
随后又离开。

歌词

歌词 1

1.

在阳光里多美,
当你守在我身边。
追随地平线多美,
当你与我同行。

我告诉空中的鸟儿,
我告诉这个下午,
我告诉每棵树上的叶子,
和你,是的,我也告诉你。

如果这里的鸟儿,

飞向远方，
让我再不能告诉它，
我就重新虚构鸟儿。

树上的叶子
也一样，
如果它枯萎飘零，
我就重新臆想。

2.

我不选择风的路，
我不选择云的路，
它们早已高悬在上，
我只选择一片天空。

我选择你，我选择我，
还选择一点阳光。
我们有足够远的路可走，
有太多太多可以遐想。

也许有时没有光,
蓝色笼罩。
没关系。
我们就想象它在身旁。

用很多花环,
用很清晰的辽远,
和一条彩色的地平线。
它们会指引我们向前。

3.

爱人,爱人,爱人,
现在你得离去,
如墙上的影子,
当太阳西沉。

我站在这黑暗里,
再次想你,
以度过黑夜。

爱人，爱人，爱人，
你越来越美丽，
你的眼睛更明亮，
你的手儿更温柔。

也许有一天，
墙上的影子再现，
你会归来，也许变成他人。

爱人，爱人，爱人，
我还想爱你，
忘记黑夜，
和你的照片。

你的日子该是新的样子，
我将追随你，
只要我还可以。

歌词 2

1.

我看见士兵,商人,学生
从我身边走过。
他们没说,要去向哪里。

火焰将他们带走。
他们的影子在天空燃烧,
又一起坠入大海的波涛。

我从梦中醒来,
没发现火焰,
也没发现天空的影子。

我转身进入白天,
无所事事直到夜晚,
入眠,不再知道,身在何方。

2.

我看见无翼之鸟

从我身边飞过。

它们没说,要飞往哪里。

它们无翅而飞,

随一场爆炸升空。

我不知道,它们来自哪里。

我从梦中醒来,

没发现飞鸟,

也没发现带它们来到我身边的爆炸。

我转身进入白天,

无所事事直到夜晚,

入眠,不再知道,身在何方。

3.

我看见一座城市,没有楼宇,

也没有电车和咖啡馆,
只被尘埃笼罩。

烟雾,与天空,
地平线和江河混合,
飘浮其上。

我从梦中醒来,
发现这城市充满生机,
我在电车上和咖啡馆与朋友聚会。

我转身进入白天,
畅饮到午夜,
入眠,不再知道,身在何方。

4.

我看见自己拿着白色的手杖,
从我身边走过。
我对自己无话可说。

我心情沉重，
因为禁核条约和核关闭条约，
因为政府和热爱和平的各州。

我从梦中醒来，
没发现白色的手杖，
感觉心跳加速犹如没有耐心活着。

我转身进入白天，
发誓，永远
戒掉睡眠。

5.

现在我夜里读报，
钻研不再有"核"字的
百科全书。

我和康德讨论
关于永恒的和平，
和柏拉图探索政治理性。

我不再从梦中醒来,

发现世界颠倒,万物

各行其道如我所愿。

歌词 3

你多么美啊,

我叫你九月,

玛格丽特或者茉莉。

我们俩生活在

李树下

度过整个夏天

甚至更久。

你多么美啊,

你吃了如此多李子,

用树叶为自己做了条裙子。

它光芒四射照耀我,

让我对你和你的

优雅美丽及高贵首饰

充满爱恋。

你多么美啊,
当李子坠落
在你额头和胸脯。
它们在那里感觉多么美妙,
如同我的亲吻。
它们希望永不离你而去,
永不,永不。

秋天来临,
李树战栗。
秋风吹拂,你感觉寒冷。
你变得如此苍白憔悴
在我忠贞的怀里。
裙子也开始起皱,
哦,哦。

冬天的时光
将你从我身边带走。
我很悲伤难过,
为你竖起墓碑。

凝望是如此美好。
那上面
我如此写道：

她多么美啊，
我叫她九月，
玛格丽特或者茉莉。
那时我俩生活
在李树下，
直到冬天来临，
把一切的一切带走。

狼的诞生

罗恩滋·穆勒 – 莫恩约思的画（致 M.S）

一扇门，
比一扇窗户更糟，
朝着期待已久的天空敞开，
那里云在飘荡。

别的，不可捉摸。

如果确实有门开着，
穿过它而进入快乐的人，
用他的死亡填写的，不过是
充满日常诱惑的统计图。

墓志铭

他向现实妥协,
经营他的账户,爱他的女人,
儿子吃利息,三者皆亡。

无题

战后一代完全不同。
他们拒绝战争,致力和平,
也不入伍,因为知道,
应该被保护的,是权益,
是祖先,是自由平等,
是兄弟般亲密的银行账户。

他们知道,杀戮和死亡意味什么,
他们仅从父辈的战争中
就受到教育。白骨堆后的人
不过学会了储存死亡金属、
无辜和肚腩,以及
账单和度假凉鞋。

今天的军人唾弃他们。

父辈、祖辈也死无宁日,

被唾沫惊醒。

战后一代完全不同,

他们不仅衣着自由,

为人处世也不拘一格。

战后一代没有偏见,

总会选择正确的党派。他们

不以购物、房产

或银行账单冲淡记忆,

也从不去马略卡度假,他们的音乐

不承诺幸福,在阳光、牛奶和森林里。

我们的天堂,最深的悲哀,

如此近在他们眼前,伸手可及。

如果你询问,在幸福承诺

或糟糕监狱里没有的东西,

那就是这些年留下的唯一:

昏暗窗口的彩色蝴蝶。

它的影子被从前的看守忍受,
却被后辈当作灿烂辉煌的黄金时刻。

写作之难

你可以说说落叶,
它们飘零,四处纷飞,
在这个或者那个季节。

你可以说说,一切怎样结束,
在这次或者那次坠落中,还有,
一切又怎样回归,那虚度的

时光和早已熟悉的事,
以极大的丰满和人文关怀。
诗歌已经遗失了

它的秘密,但谢天谢地
重获忧伤。那真实而难以辨识的,
汇聚一起,又按是非分裂,

写作就此失去奥秘,
美学也失去它的天机。
曾经的意义繁杂,

现在被偏袒而明朗。
那让人悲伤的,
从此激励成孤独的行动。

时代精神

在我们国家,每个人都有所作为。
如果一事无成,
他至少是游行抗议的领袖。

肉体精神

法律承诺民主自由。
傍晚人们坐在条文前,
却不能做主。

一位金发女郎,拥有
自然傲人的酥胸,令
所有人都瞠目结舌。

在她的肉帘之后
如瀑布之后
该藏有天堂。

但此时人们
并不谈及。
眼睛,被成功人生的

前景诱惑,努力
把所见,想成画面。
其间有绅士

拍打女郎屁股,
塞满钱包,
拉上窗帘。

街上的象牙塔

他带着革命散步
如别人戴着蝴蝶
或划船俱乐部的徽章。

房子化为乌有,
人们抢救他们最后的财产,
抢救他们的残留之躯。

为了大众,是的,都想要更好的世界,
甚至为了看守,他们现在养着
监狱里的人,改造其

思想,因为只有他们
能把新人送入社会,
新人,新国家,新自己。

铁窗内外

一位同时代人说,

精神已经破产
艺术也一起完蛋。

资本家应该按数据表格
铺设荒漠：穿越者如果不能
从凉爽中区分凉爽，
每一滴水都会成为他的永恒。

但精神没把荒漠
从荒漠带走，没把生命还给
生命，而把人们向天空驱逐，
在灵魂飞升中美化他们。

资本家因此
该轻拍大腿，填肥肚子，
如他们的女人吃胖胸脯。

同时代人抛弃了灵魂，
只用拳头发誓。
但资本家援引了法律，
那尚未为灵魂和困境
而制定的法律。

现在铁窗内躺着同时代人,
被掠夺殴打如铁窗外的人民。
那以后他比语言的表达更无能。

有人在幕后操纵这一切,
据说,绝不是亲爱的上帝。

胸部和它的自由

自由!美人呼唤着,
把她的胸罩扔过桥的栏杆。

于是她的乳房在封面晃动,
很快永存于她的存折。

自由和金钱

两者都拥有了自由,
并强势地向世界展示了,

他们原本保守的秘密。

大家都来了,穷的富的,大的小的,
长时间的公然交欢。
现在有人数着钞票和天上的白云,
啊,白云,继续迈着不可收买的步态飘移。

致资本家先生

作为老板,
他用拳头抚慰生存者
而操劳过度,
现在他在地中海游船上,
静享受之无愧的安宁。

上百个美女挡住视线,
他不看头上的天空,只看
乳房和胸围。

这是他应得的享受,
它们是另一种云朵,

成双成对，从他头上飘过，
伸手可及。

家里的生意仍在继续，
银行利息在滚动增多。
别人的烦恼也困扰他么？
如果每个人自担其责，
他就没有烦忧。

结局：
他胖了，气喘吁吁。
但他依然度假，
让自己快乐，让世界开心。
很快他会更加安静地休息，
提前在巨大的墓碑下。

理想主义者

理想主义者说：
精神决定物质。
在灵魂抵达之后，

他悠然涂抹肝酱面包。

但肝酱面包
如此糟糕地进入胃里,
让理想主义者呕吐,
并且嘲笑美的法则。

灵魂悄然告退,现在他躺在
负重的地下。

只有铁十字架上他的名字,
在斑驳锈迹中难以辨识:
永存的东西,终于
融入他真实的内心。

艺术家和银行家

在艺术的最后
艺术家把整个世界提升为艺术,
一只苹果
也让人付出高价。

现在苹果核
在某个银行家的墙上腐烂,
它至今不懂艺术变迁。
但它的主人热爱艺术

胜过博爱和公正的薪水,
这样他才有钱
买新苹果。

镜子

有人带着惊恐挨家兜售
并以此致富。
售完后有人问他,
卖了什么。他承认,
卖了镜子,
里面可以窥见邻居的惨景。

现在每个人都坐在镜子前
庆幸自己的幸福。

当我想到,
此世即吾世,
我也看见,
如月满无缺。①

---

① 如月满无缺,日本藤原道长语。

I.D.[①] 想法 / 致微笑的瞬间（1—34）

1. 当我醒来

你没有优雅的手势，
成为所有手势的楷模。

你没有声音，
拓宽一个无为男人的边界，
也没有微笑，
安慰一个失意男人的心，
改变他的睡梦
和想象。

但你身上有点什么
我不清楚，

[①] I.D.，人名缩写，因其发音与德语"想法"（Idee）一词相同，故将其附后。

驱除了我的疲惫,
将成为我一切的开始。

我穿上衣服,
选择白天,
选择天涯。

我出发,
被你的目光牵引。

我们将共同抵达,
成为彼此的天涯。

2.

为什么,
当你在这里,
在这走廊和灯,
与拉上窗帘的窗户之间,
在这不愿结束的一切里,
我却以为

你将离去?

为什么,
当你走了,
我却发现
你仍在我的不安里,
在我的失眠中,
在我所有行为的动机里?

但为什么
在一切的一切之后
我用你的影子装备我,
那蒙在我往事之上的影子,
为什么不,
当我在此拥有你时,
用你更真实的样子?

因为只有它载我出发
进入白天,
让我成为,
边界之光。

也许这样,
它才能从我分离而出
成另一个我。

3.

你于画刊不重要,
于历史学家也不重要。
人们不会为你建造纪念碑,
你也不会点缀公园、
明信片或者博物馆。

没人记录你说过的话,
也没人用镜头追逐你。
只有少数人知道你的名字。

但于我而言,
你名字的每一个字母都有故事。
群鸟纷飞山河大旱的
冰河时代,在那里回归。

当我无助的时候,

你的目光拥抱我;

当我疲惫的时候,

是你终结了我的路,

让你成为我的归宿;

当我力量枯竭的时候,

你让我无法动弹的身体

成为你之上的英雄。

不,

没有摄影记者追逐你,

没有新闻媒体关注你,

只有我的眼睛,

永不疲倦地跟随你。

4. 致保罗·瓦勒里和黑格尔先生 [①]

如果在他们的位置,

你,为了安抚他,

[①] 此诗是对黑格尔哲学(否定、边界)及保罗·瓦勒里的诗歌《脚步声》的改写。

那将成为我否定思想王国的居民,
请不要保护我的不安,
不要让我更无助地返回这天。

因为一旦摆脱痛苦,
我就只能靠寻你而活
作为我的极限,
而不作为新的困顿。

5.

花朵一如既往地黄,
玻璃窗上的水滴。
睡眠没有被惊扰,
只有笔在纸上滑行。

6.

我接纳了你并把你环绕,
比镜子更深。

你的图像也许会在反光中
稍纵即逝。

它总是离我如此遥远，
影子也不再触及我，
甚至未抵达至我的一半。

一旦被我环绕，
它便不能面对深远，
因为它的稍纵即逝
深远会再次深远。

（1968 年 10 月，赖纳）

7. 革命

我在清晨拥抱你，
你说，当心，
如果消化不好，
激情不会增长。

当你把自己关闭起来，
我读李白，
梦到他曾经
拥抱的月亮。

马桶冲水正常
把我从天上拉回人间。
你回来了，微笑着承认，
这次很革命。

我想到黑格尔，
想庆贺他，
他的否定哲学甚至在
孤独者身上也获得成功。

即使我不知道，
什么将是我的末日，
我也向你伸出双臂。
但你退得更远。

你主张孤独的革命形式

想跟我上街,

挥舞旗帜,争论

你如何在小屋得到幸福。

你说,

如果有人向世界露脸,

显摆智慧

如挤柠檬汁,

为什么别人不该翘起臀部①,

让两者呼应,

形成诗歌最纯粹的形式?

我修改诗歌,

但一个愿望吸引了我。

啊,我如此爱你,

爱得让我忌妒你。

我想此时就精疲力竭

只打个哈欠,

---

① 中国诗人李白名字的旧式注音为"Li Po",Po 在德语中有"臀部"的意思,又是德语单词 Poesie(诗歌)的开头,此诗用了 Po 进行文字游戏。

就能完全得到你。

那将是我的革命形式。

8.

在秩序井然的

杯盘之间,

一支蜡烛孤独地燃烧。

花萼已打开,

但它们只为自己开放。

等待中它们并不孤单。

一朵坠落的花,

与杯盘争艳。

那闪烁的光芒

让它偶尔看上去很美。

只有它的影子

被空阔的空间击落。

9.

这种花,你称之连翘,
我叫它金雀,
但我们喜爱的是同一物。

我们之间也这样,
黄色和黄色不能让
我们分离。

10.

你躺上床,
捶打身上的被子。

一瞬间你就远离世界,
察觉不到它,
哪怕极小的震颤。

我想了很久,
是否它仍然存在。

11.

衣帽间
挂着我们的外套
友好相依。

颜色不配
也没关系。

因为除了颜色
还有别的。

12.

仿佛所有的美丽都汇集
成一朵花

在瞬间绽放,
你的离去让人难以忍受。

多少年来,
你每天都在证明,
美丽不会自我耗损。

眼睛,盯入
画面,漫不经心
随之变幻。

13.

这一天就从你身边经过
如一朵云从天空飘散。

没有什么能让你失眠
如我勤劳的手。

梳子在镜子前找不到
穿过你发间的小路。

你再次闭上双眼。

框中之画如此宁静,
谁会从镜中把它拿走?

14.

飘落的玫瑰花瓣聚集在杯中,
它们明快的黄色把夜晚驱走。

就让长久的光和温暖把它们包围吧。

15. 致微笑的瞬间

孤单地伏身书桌,
我注视着尚未被书写的纸。

怎样能只让思想在此驻留?

16.

在美丽方面,
她是一位资本家。
对于颠覆
现存的美丽关系,
她从不是马克思主义者!

17.

我虚构出你的睡,
还有你梦的乏味。
眼睑和额头只用词语表述。
你眼里的光,
无人知晓。

在词语里出现
时间和空间都不懂你。
你不变地静立在
万物之上。

18.

清晨把我们分开,
每人各就其位。
傍晚让我们再聚
在温柔的灯光下面。

我们之间隔着整整一天,
只有它与我们每人相伴,
如空气与天地。

书于时光的意义何在?
为了一捧温暖,
它已多次把我们欺骗。

现在你坐在我面前,回想时光,
那时候我们总在一起,
愿做在天的比翼鸟。

但我们直到最后的日子
都倾情于陌生的我们,
并意识到,只有我们,

在不经意流逝的万物中
彼此拥有。

19.

那些苍白的面孔,
充满窗户、办公室和报纸,
如落叶飘满天空,
只有一张带着微笑。

那微笑轻松,没有辛苦,
如玫瑰在更寂寞的凋零前。

秋天隆重地来到
人间。
那些不靠自我滋养的,
现在都随风雨而去。

20.

我已经把你带出房间,
那你一开始就投身的地方,
由思想的温暖护佑着。

多年来只有你坚定不移,
作为我唯一认识的人,
在日复一日的流逝中永存。

21.

当我拥有你,
在无形中更紧地抓住你,
你在时空的另一端再生,
人间景象就此远去,时间
如两岸间的河水消逝。①

---

① 暗指道家庄子和他关于秋水的比喻。

22.

潜入秋天的光里,
只有你无须浮出。

在树叶的黄里,
面对落日,
对于傍晚和我,你都显得美丽,
因为我此时见到的你
跟想象的一样。

23.

棋子推倒在棋盘上:
大王和王后都一样倒下。
上床睡觉,
每人带着各自的气恼。

棋盘变成床单。
如果不是冰凉的手抚过后背,
在更黑的早晨,

什么才是这世界的安慰?

24.

她很轻松地度过四季,
秋冬无痕。
雪,下到别处,
与她完美的肌肤争艳。

25.

除了自己,
她什么也没穿,
在这如一页书般
翻过的夜晚。

26.

不想结束,她的梦

比春风吹拂柳絮更轻松地

将我带走,

她只沉溺:

花朵凋零成泥,

曾经的我,现在栖身其中。

27.

在从未是矛盾的矛盾中,

夜晚在未说的话中临近:

成为别人不可破的联盟的边界[①]。

只需要一只从未停歇的手,

给用石头建成的故乡,

并成为法规。

---

① 边界,出自黑格尔和老子的哲学。

28.

两只纸杯,刚才装有冰激凌,
现在随落叶在水中漂泊。

29.

她不想自我拥抱,如自己的画像:
一片无边的柳絮。

30.

如果你问,她想要什么:
一小时的睡。

在美学上,
这一小时将成永恒。

31.

我把我的心填满

如影子把墙:

如果不是你,

我的夜晚会怎样?

32.

露珠映出天空。

太阳,从寒冷中脱颖而出:

只有一片汪洋,

那里从不干涸。

33.

写作的困难,

发现一些礼仪,

一段持久,一处住地,

逗留的瞬间,

作为已发生的、非未来的
而起草，切中
思想家的疑点。

即使词语反抗，
也没关系，
它们只是习惯于折磨。

34.

考虑到，
我的笨拙。

在你的黑暗中
燃一把火。

火焰投下阴影，
阻挡我的路。

当我把火扑灭，
却燃起两团新火。

寓言

寓言

在我的门前
有一朵鲜花在开放。

我越向它俯身,
它越盛开。

它的芳香成为所有芳香的开始,
并驱走门后曾有的一切。

当我离它更近,
已不再知道
我曾属于这扇门,
它又开始闭合,

并让我离去。

我返身退回:
发现城市被拆毁,
人类也随之消失。

只有花之花
还在地上开放。

但我不再为之俯身。

因为我靠近的尺度
现在决定它的远近。

我发现
花中有许多死者面孔,
曾经在门后很生动鲜活。

现在它们的表情还保留着对自己的忠贞,
我从没见到别的面孔。

它们与鲜花一起变得模糊,

首次与异物如此混合
而非与自己。

我站在后面,
挪动我从未挪动的东西。

就这样,门后的岁月,
重新返回我的心里。

最后我按每张脸的需求,
给它一张自己的脸。

但两者都被移到银幕边,
那里影子只与影子相逢。

无题

为了一点温暖
你把你的声音点燃。

现在每一次我走近你,

我们都不再有话可说。

无题

你:
在我的手
失落的镜中。

无题

谁知道,
当你的声音笼罩大地灼热的树枝,
那后面的船是否如花开放?

无题

在那里
有人从我这儿偷走影子
在夜晚的松树下。

所有燃烧殆尽的嘴唇
都在小屋里
如花盛开，

或者
在如水的名字里，我的名字，
如此水汁丰盈。

无题

你灼热的手
是我紧皱的眉头上
熊熊燃烧的火炬。

季节之末

带着盒式收音机、气垫，
和酒精炉
他们来了，

以自己的方式
在短暂的夏天,
改变了风景,
并留下些痕迹:
啤酒瓶漂在水面,
烟头和报纸。

但慢慢地
风景现在又回来了,
并为我保存了最美的画面。
荷花刚刚开放,
那下面
我再次发现了自己的脸,
揉碎了水波。

我们将一起度过秋天,
直到冬天真正来临,
冰雪让我们永远相依相守。

无题

我想是牧民,
在你的胸怀
放牧。

无题

1.

夏天:
一群吠叫的狗

2. 变体

一群吠叫的狗
是每一个夏天。

无题

秋天:
失明的枝丫
盛开了。

关于一位年轻诗人(A.S.)

1.

三瓶啤酒之后,
你向人说起
一个黑人
被禁言的事。
因为他通过命名,
成就了太多。

Hoo Fasa.[①]

---

① Hoo Fasa,庞德《诗章》第七十四章的歌名。

我谈到我原本该

遗落的影子。

每个人都想听诗歌,

也许"美丽灵魂的自白",

鼻子里的紫丁香和大脚趾下

世界的忧伤,

以及关于故乡和装饰物。

但是,说吧,亲爱的朋友,

哪里该是我们的故乡,

如果不在词语里,

那被我们拯救以免丢失的词语?

讨论完一切,

该死,只有我们

注定去振兴词语,

通过它自己而非我们赋予意义。

让睡成为睡,

太阳成为太阳,

而不是它的影子。

太阳不是影子。

后来在某家酒吧再喝啤酒,
我们又说起那些
比名字更有意义的事。

我身旁有人承认,
她不爱他,而我
不清楚,她不爱谁。

但你说起对世界的爱
——我知道《诗篇》第七章——
关于对写作的痴迷。

那以后就不再有,
我不能写的都一样,
无论车票,
被我遗忘的姑娘,
帽子或者抱怨。

我爱,故我写。

而你，亲爱的朋友，我希望，
在这个国家
人们将让我们自由言论，
即使我们将万物重新命名，
不在黄昏点燃油灯，
为了在精神上数点
在那云路漫步的月亮羊，
或成为一枚"最后的草莓"，
"凋零的蒲公英"以及
我们童年的"黄鹂"。

为了人人懂得我们，
诗歌，人们说，
必须易懂。

但谁已懂得，
不顺应世事
就不能生存？
哪里能安宁？
当万物变幻莫测，

在从前的人们

三三两两站在临河的门槛
赏花的地方，
今天有家乡意识的奶牛
和悲伤的世界主义者
辛苦地耕地劳作，
以成就大地
和柴灶的荣光。

但是，亲爱的朋友，
当我们死去，
名字将为街道命名，
装饰书籍，或
值得一次周日郊游。

2. 想到中文字"明"

你那里月光照进窗口，
我这里太阳和月亮相逢。

你在夜晚被月光照亮，
我偶然有一两次，

比如晨曦或者晚霞里,

被它俩同时照亮。

(1969.4.17,明斯特)

猴子构造

序

这本书,你刚翻开,
就想搁下。
因此我担心,
你不愿冒险,
只想做一个
简单轻松的人。
时间如此多,又如此少:
落叶堆积树下,
又被晚风吹走。
你可能流连于一行诗句,
如云在天空,
在一个词,一句话里
耽误些工夫。

那些漂亮的女人图，

吸引你的眼球，

让你的目光欢乐闪烁。

但时间会让它们失效，

让你冷漠面对

变化的一切。

只有词语永恒。

但这里就是永恒么，

没有无聊之乐？

眼睛该抛弃观看么，

只让无形填充？

如果继续阅读，

你将不会懂得

比我提供你的更少吧？

海洋不能放进杯子，

高山不能装进钱包。

但你想一切都

简单明了，

想衡量和解释一切，

浅尝辄止，

直到精神证明它的胜利，

如一场足球赛的结局。
那是一条马车夫之路,
车夫只把沟洼填平,
不考虑马车之外的事。
诗人对他的重要性,
只因为这条街以他命名。
现在诗人早已尸骨腐烂,
这迟到的荣誉
于他又有什么意义?

你们这些两千年后的读者,
也许会说,
我的诗并没有推翻政权,
只不过触动了那些
和诗人一样脆弱的心。
是这样的。
但即使我只赢得少数人心,
大地也会颤抖。

可我的书桌纹丝未动。

猴子构造

被挤进心的绝境，
他用发现一切的手势
承认，
——海与海相连
沉默和遗忘的一代人——
在他二十五岁的生日清晨，
当天空挣脱黑暗
重现光芒：

"我活了四分之一世纪，
观察过天上的浮云和地面的卵石，
深谷上空的天路，
人的眼睛
和眼睛里不一样的倒影。
曾经的光明，在眼中变暗，
满天弥漫，直到云端。

"多年来我写下很多文字，
多得足以撼动政权
或五洲大地。

但世界并未因此改变,

偶然继续接踵而至,

人继续与对手狭路相逢。

"于是我希望,

从长久压抑的生活中出来,

超越万物,

如同日月从黑夜里出来,

用新的尺度,

完美自我。

曾经的上,应该下,

并自我约束。

那下面如死亡般长久的匍匐者,

应该站起。

五千年的交恶,

应该和解。"

他进入

不是他的

而将是他的世界里:

从现实世界转换到

想象世界，如丛生的野草

从贫瘠的土地到有人守护的花园。

路边的花朵忘了变美，

还有花丛的蝴蝶。

"我们一开始就知道你的标准，"

海底的鱼说。

还有天上的鸽子说：

"地球创造了人，

随即设立了标准和法规，

以便大家各有理由，

获得利益，

可见这个世界曾经理性。"

但并非给出的准则

永久地化作了思想，

而是在随意的更改中不可把握，

不是基于他人，

而是基于自己，

如此行事，

给少数人带来利益，

多数人带来痛苦。

认识到公正的人,
把书堆至云天,
让它充满眼睛,
而非心灵。

因为无人
让自己的家成为他人的。

因此处处是饥饿的嘴,
饿殍遍野,
如秋天林荫道上的落叶,
在渐渐枯萎中它们的美丽
被匆忙而过的路人再一次惊羡。

因此人人成为自己的负担,
一旦置身于非他所愿,
尽管生命在延续,
仍然一无所获,只是丧失自我。

从来只有一个真相,

就像只有一种真实或唯一的慢性病。

就以天空做准绳吧,
谁会不明白,
没有什么不可变,
被固定的和固定的相同。
天空在万物中显现,
如眼睛、水或云,
它不会消失,
也不会一成不变,
风或人类的声音
就能把它折断。

所以你的准则也是那些
迷失在自我中的人的准则,
靠着一根羽毛
进入世界,
让他们自身的无序
变得有序,
把世界作为自己的替代品。

你的标准怎么能兼顾我俩,

如果鱼不离开水
鸽子不离开云?

我应该游上天吗?
鱼问,
我应该潜入水吗? 鸽子问。

他用手遮住眼睛,
因为不知道,
面对太阳
会如此难受。
他登山,以回答
大地之上
和之下的问题,
整个世界都在聆听。

"天空自古就有
而人类却不。
因此天空和由它派生的
应该留下。
人类创造的,与天空不和谐的
应该更新。

之后人就可以栖息,

在所在之处,

如鸽子在天空。

但所有阳光下的苦难

都该结束。"

人人都准备好,

辛劳者和负重者来到他身边,

以至于地平线变黑,

脸上却充满他的圣光。

爱是从眼睛到眼睛

所有的人都同样感知,

他说起

他们在野蛮世界

所忍受的,

如同天地之间飘零的落叶。

"成千上万人被卷入战争,

为了资本利益,

让富人更富,穷人更穷。

成千上万人为自由而战,

却被赶进

狂风呼啸的荒草丛中。
一个民族，不知道它的生命
重于财富，它的希望
贵于报纸。
人们在自然与自然间被杀戮，
然后被堆放在人间天堂，
曝尸荒野，
没有裹尸布和丧宴，
将来
无人居住的大地
更加恐怖。

但现在有人竞相挥霍自由，
那努力得到火腿的自由，
宴席上是否饱餐的自由，
用掠夺物建造
暴行和短命的纪念碑的自由，
按天堂的标准
在大地上为自己建造宫殿的自由：
壁龛，用蚌壳装饰，
所有的门，以庙檐美化，
总统——某个将被青草

疯狂蔓延而过的人——
他活着时犹如人民的上帝,
住在完美的白房子里,
那里纤尘不染,被以货车计量的
死者换来,
统治看似永恒
如与生俱来。

"在他们现在追求的
享乐和长寿,
鸡尾酒、武器和低胸装之间,
死亡已经筑巢,
比人手更强大。
死亡将底层的带往高处,
所有的光芒自我分裂,

"为了缔造一个
不丢下任何人的世界。"

聆听者中有人开始痛哭,
哭声如此之大,
以至于天空塌陷,暴雨倾盆,

以至于大地开裂,

以便能在山顶靠近他。

因为现在的居后者,

仍是忠诚善良的人。

作为贫穷的代表被禁锢在

工具零件和机械之间:无产者先生,

自然没让他登上皇位,

而让他籍籍无名,

在世界的冷漠中

如铁屑,从重要的工具上

脱落,

自生自灭,直到磁铁

将它吸附。

他就这样度过一生,

按偶然和神圣主人的

慈悲。

那不分昼夜挣来一切的主人,

不仅挣来别墅和女人,

也挣来名望和墓碑。

它们把他压在下面,如他所愿那样深,

以致车轮的转动

变成美好的沉重,

因为车轮为了更大的作为

会上油和调准。

谁的手会抚摸无产者的额头,

而不抚摸他自己的额头?

工人是可消耗的,

因为他盲目再生,

如树上的叶子,年复一年。

因此统治者并非无人性,

他们给他自由,

让他按本性生活,

把他身体的自由,

置于更深的迷惑。

让他的手和眼睛

被乳房充满,

给他一条床单

让他随心所欲。

统治者并不解除他

全部的义务,

他不需要继续担忧

利润的增长。

人们为他遗留下图画,

让他不颠覆现状,

只致力于服务,

让生命的价值

在香槟和南国风情间体现。

因此他能为了巴掌大的希望

奉献出一生,

那以有形的形式

用他不多的所有买来的希望,

并让他的生命

以别的方式

享受原始的

声色之乐,

将他留在他们

由紫尘和人道主义构成的王国,

去相信

只作为强者行走的人。

但真正的强者,

并不排斥别人。

他只奉献自己

别无所求。

那些心像硬币大小的人，

脉搏随着

存折上数字的高度而跳动，

把路从流水线转向书籍，

将自己从体力劳动中解脱，

以便自由作为，

用梦幻和从前的摩登

装扮自己。

他们不得不担心他们的安稳，

高高在上的地位，

女人雪白的脖子，

棕榈树下的安宁，

众神从那里起源，

他们的祖先，

如此卓越地留下一切，

出生和巧合后的世界秩序，

人们可如愿置身其中，

却发现路边的落叶还不够多：

天地之间无以为家。

地平线腾空了,

越来越多的人上山去,

大都市再也无人统治,

那里财富减少,无聊滋生。

少数人必须行动起来,

准备去消灭,

那夺走他们权力的人。

但他的话如风,

让小草折腰,如山,

水不能冲走。

"有一种快乐,

来自天空的恒久。

有一种思想,眷顾每一个人。

有一条路,

由扭曲的心灵通向自己。

"但你们的欢乐

被浮尘的轻率

所侵袭,

它在坠落之前想品尝

他物的滋味：

一切尘世的轻松，

通过邪恶和强硬求得。

他们很快攫取，

别人终其一生不可得的，

为自己建造有圣物装饰的宫殿，

为人类之手建造

那将成为你们耻辱的马厩。

"你们的天空，

离地面如此之近，

一口呼吸就能测量，

它布满图画和书籍：

那最美的，简便而使人安宁，

来自每个人的生活，

那用不断的痛苦

堆积生命者，

活着为了高朋满座，

直到他不再呼吸。

"人们以他之名

颁发奖章。

奖章无人异议,

因为佩戴者不认为

它们不合适。

他们对手掌间的惊愕

感到陌生,

反复考虑

那些没有痛苦的事

和成为自己永恒墓碑的人。

密码是:

去拯救生命,

以便让灵魂丰满

所有知道用物质交换灵魂的人。

"去托斯卡拉吧,我的儿子,去懂得,

人会死,

在他总是定下规矩的地方。

"谁把生命筑于

正确之上,

不忽略和抬高他人,

和大家共处,

如大海与水滴：

包容困境并且快乐，

他就如万物之初，

心有定性和安宁，

那超越一切的安宁，

而不会被亵渎，

生与死对他来说意义相同，

参与一切，

与之同生共死。"

看吧，

他们在心里

改变了他所有的话。

这是阴暗的日子，

太阳坠落

在海中熄灭，

但为了照耀又重新升起，

从所有人的希望中诞生。温暖，同样笼罩每个人，

没有区别，

直到融入微笑

你都可看见。

那温暖如此巨大,

布满天空。

他就这样看着他们离去,

走进那多变的

从地平线向他升起的

世界。

在他眼里,

他与他们不再不同。

他们同样美丽,

有同样的体格和意志,

汇入同样的运动,

以相同的心跳。

从现在起

无人再有头痛,

腿疾或词语病:

为了真理,

绝不。

乡间野花再次抬头,

因为那里只有一种

由蓝色、干花，
和死去之物构成的真理：
在总是欢悦
而从不拒绝的画册里。

翻出来
贴上窗棂，
在他的隐居处，
那里横跨世界
又不留痕迹，
目光投向
只有他看来充实的空洞：

身躯，
因希望而憔悴，
被囚禁其后。

尾声

带上一点你的世界
进入不可区分中，

让自己
投身外界。
快乐会停下脚步等你,
直到你拥抱全人类
归来。

一个声音,无法抵达五个人,
却一定能把五亿人聚在一起,
大海比装满悲伤的水盆
更快被汲空。

回到开始

致 T.V.
——纪念他和迈雅利莎的公寓

他,
手握毛刷,
刷墙。

我,
望着窗外:
岩石,汽车,图尔库,
若塔拉石腾卡图街 4 楼 1 号
星期三早晨。

他刷墙,
她捋发。

我也想布置一个家

为"我心灵的欢悦",

那样它就不再是

"一片潮湿的

树叶粘在门槛上"。①

我也想挥动毛刷,

刷出天空的蓝色和季节。

这样冬天就不会来临,

每一段墙上,

都住着一点春天,一点夏天

或者别的。

他刷墙

她捋发。

被我抛弃、

现在被地平线保护的

---

① 这句诗引自《刘彻》,是美国现代诗人庞德根据别人的译文改写的。

它,"我心灵的欢悦",
已成了影子的家。

这影子跟随我过了赫尔辛基,
它仇恨新古典主义
和悲伤的商业区。

它随我乘一辆蓝色的火车
到了图尔库。

现在它守护着信箱
和信槽,
越过肩头
看我写作,
让我把门槛上的树叶
弄走。

但托马斯在刷墙
玛雅利莎在捋她的头发。

我在纸上涂写
我不喜欢的句子。

我想用影子换取

门槛留给我的树叶。

树叶应该在我的手中长出新绿。

H.Z

1.

你的羞涩和优雅:

是一道露出鹅卵石的水波。

2.

如同想象一朵花,

当我闻到它的芬芳,

或许我也曾经这样

不经意地想象过你。①

花,比它的芬芳更美,
我依然戴着,
即使它早已不再
吐露芳香。

3.

我找过你,
在没有你的
我的睡中,
电话簿里,
我的词句间。

但我没有发现你,
在曾经有你的
我身体的某处,
被忘却的车里

---

① 不经意地想象过,弗朗西斯·蓬热的诗句。

和从未被注意到的长丝袜内。

多年来我就这样
一再伤你。

我没想到的地方
你总在,
而我想到的地方,
你却不在。

后来我索性
抽身而退,
不再在任何地方等你。

多年来我在你的旧伤之处,
再添新伤。

你默默忍受,
唯有这一次不,
这最后一次。

致 H.M

1.

有人把夏天
绑在一个姑娘的
头发上：

火，
在火中
憔悴。

2. 橱窗前或新地穴寓言

玻璃后
某处
你的身影。

我的背后
人们走过，

汽车,公寓楼,
商场,城市,
国家,大陆,战争,

人类,
世纪。

它们的影子
映在玻璃上
然后走过。

我望着它们远去。

每一次,
当你的脸
在他们中出现,
我们就开始
变。

但我并没察觉。

我没察觉,
你的头发怎么开始,
蒙上并变成
季节的颜色,

影子
商场和城市的
陆地和战争的。

啊,如果不是影子,
我会感觉到你,

也许我会感觉到你,
感觉到玻璃。

啊,如果不是玻璃,
我会感觉到你,

也许我会感觉到你,
向你转过背去,

让你完全

成为影子。

悲伤的日子

在那些悲伤的日子,
她的妩媚
反射在夜的镜子里,
那黎明前失血的夜。

啊,那是一种智慧,
曾经在她身上,
带着她未被触碰的腰身
游丝般的气息,
海就像近处的海,
天就像近处的天,
地就像近处的地,

比沉默更多
在炽热的夜晚,当散发着
盐和恐惧味道的火焰坠落,

或者在茶色风中的
残骸后失明。

如同所有睡的声息
在手中慢慢沉寂,

影子,不追随任何人。

(大约写于 1964 年)

听吧,缪斯

听吧,缪斯,
那个出发的人,去捕捉星球,
怎样藏身太阳后,以为,
他就是春天,因为他背驼。

听吧,缪斯,
那个把头探进你闺房的人,
——门被砰然关上——
怎样朝你大喊:我要挤破你的脓疮。

听吧,缪斯,

那个此时认识到,

你用来分配词语和你身体颜色的手

是玫瑰的人,怎样在贝壳上

用你枯萎的手指弹奏歌曲。

听吧,缪斯,

那个寻找藏在你面前的土地的人,

寻找那无限的瞬间创作,

怎样在集市上往自己的头颅钉钉子。

听吧,缪斯,

那个品尝石榴的人,

怎样像刽子手拿眼睛下棋。

听吧,缪斯,

那个朝你贞洁的脸上吹灰的人,

怎样将大笑藏进外衣兜里。

听吧,缪斯,

那个与狗一起长大的人,

怎样为他的思想打造椟棺。

听吧，缪斯，
那个设计抓拿游戏的人，
怎样守护麻子。

听吧，缪斯，
那些往你鞋里扔硬币的人，
怎样提醒你注意，不要踏坏天竺葵
或踩死燕子。

听吧，缪斯，
你的妩媚如此悲惨，
如你病痛中最苦涩的光辉。

你的眼睛

你的眼睛是天鹅，
在黄昏没有找到
清晨，
当晨曦来临，

你从梦中醒来。

在天空开放的树枝下,
秋天和春天
在你额头戴上花环,
沮丧的日子里,
盛开不可抑制的芳华。
如此多的燧石和美酒
在青铜壶里,
以至于安宁仿佛是
勤劳时刻的桂冠。

你害怕死亡的身体
带着闷热中午
所有真实的影子,
出现在永恒的河岸。

你的眼睛是天鹅,
在清晨没有找到
夜晚,
当你躺下,
闻到橄榄树

淡黄色的芳香。

(1965)

诗篇
——致我的姐姐

荷花,
新鲜时
仿佛处子的起源,
满是香脂的庙宇
没有腐朽和衰败。

你携带
所有尘世的完美化身,
来自大海深处的
诞生和存在的标记,
宣布着胜利和随即的死亡。

年轻时感受的,
年龄的麻烦,

一旦年老就对火宣誓：

太少人知道，
两者同一

如果一切重新开始
就没有结局。

你的手

这唯一的夜晚的魅力，
两者，只有少数人被赋予，
不知道没有镜子的国度，
也不知道，
海洋怎么拥有它们。
因为不是词语，只用沉默去测量，
那最后的家园，我们如此喜欢
称它为真实。

现在是另一个世界，
因为大地是一片

缺少蓝色的天空,

一口井,里面的水

不听从自然,

歌声没有回音。

如果有人宣布纯洁和安宁,

许多人相信那几个音节构成的谎言。

你的双手就满是恭顺。

致姐姐

祖先

关于毁灭与复活的智慧,

源自月亮空心的手,

并按照规律,

决定了从前的世界。

大海辽阔的咆哮,

在腾空和持续之处

相互顾及。

啊，轮回的完成，
当沙子渗入干枯的身体。

无题

姑娘的微笑，
在她那位后援兵身上，
将变成皮肤上的尘埃
或者翠菊，
当死神
迈着拖沓的脚步来临
将他的头颅遮掩。

从我灵魂深处
——致我的姐姐

所有的辛劳，只能诞生于夜晚，
被写在天空，好像
痛苦和悲伤永远存在。

所有的恐惧,得到了爱人
迷人的心,被放逐海上,
好像问题和答案是两回事。

所有的困境,让日子成熟,
被封存进入大地的寂寞,
好像生与死决定了性别。

火热的日子

在所有火热的日子里,
那沉闷的一群
如此多的信使来临,

携带着通告
在鸽子心中,

给树叶和香
蒙上阴影,
爱人的鬓发,

一只贝壳
在春天
插满羽毛的风中。

无题

我捕捉你的笑,
为自己扎一束
玻璃花。

邪恶的花萼

硬币滑入河中,
玫瑰在你的腿间盛开。

跋

有关早期诗作的说明

在我的生活中，总是令人惊异地出现一些值得思考的瞬间，以致我从不相信偶然。当然，教会的坚信课也一再发生作用。在20世纪50年代末，也许60年代初，我在萨尔茨贝格，一个埃姆斯河边的天主教村庄，听人说起"天意"。附近村庄的贝克尔牧师告诉我们几个福音派归正教会社区的孩子，《圣经》里没有"偶然"一词，一切早已在上帝手中。那一两年里，我们每周一下午，在人民学校的教室里相聚。我在转学到同样是天主教地区的赖纳迪翁石安努文理中学之前，曾于1955年到1956年在那里上过课。与之毗邻的墓园很小，我没想到，大约二十年后，我母亲（1923—1977）和祖母（1889—1977）会在那里相邻而葬。萨尔茨贝格，我写作开始的地方，至今仍然与我相连，仅仅上坟一事，就催促我每年一次回程。

一切都自然而然。最后一个值得纪念的时刻，是与现居柏林和伦敦的中国诗人杨炼所进行的一次朗读之旅，它给了我理由，让我敢于触碰几十年来未曾触碰的我年轻时的作品。在2014年1月末2月初，我们在各地文学之家和孔子学院向热心听众介绍了杨炼的诗集《同心圆》。诗集大约一年前由汉斯出版社出版，它充满折磨的翻译花了我三年时间，有些烦恼我曾经谈及。在斯图加特和杜塞尔多夫之间，我们共同走过了七座城市。多数坐火车，少数坐飞机。在必须逗留之处，无论是火车站大厅、机场候机室，还是火车车厢里；也无论是站是坐，诗人都打开他的笔记本电脑，有时放在膝盖上，有时就搁在手臂上，不一定非在桌上不可。他看起来很积极地在写作。我问他在忙什么，他解释说，他刚为中国一家出版社编撰好他的全集。八卷本，也许十卷。因此他必须阅读每一卷，如果有印刷错误，就修改。

在他神秘工作的时候，他总是自嘲。他最喜欢用"太幼稚"来形容他某一时期的写作：太不成熟，太孩子气，太天真！这让我惊讶，因为他在20世纪80年代末和90年代初的作品，就是我不仅翻译，也很欣赏的那些作品。难道我过去的选择错了吗？但搞文学的人都知道，你不能太相信作家关于自己的言论，低估和高估在写作这一行是常事。我好奇地问他，为什么要出版那些他不再看好的文本。我还隐约记得约阿横·沙托依乌斯曾对我说过一句话，放在地窖里的东西，就别再去碰它。他的意思是，过去写的东西或草稿，也许曾被有意无意搁放一边，以为还会捡起来的，都该永远待在那里。因此我过去将近二十年里也这样。难道有什么不对吗？我突然不再确信了。于是我想明确地知道，杨炼为什么要编辑再版那些今天让他在我面前会发笑的旧作？他的回答于我差不多就是一次真正的挑战：作为一个作家，你有义务将你的成长记录下来。如果喜欢我作品的读者只知道那些被我认为好的作品，由于缺少背景，却不能正确评估它们，整个人生，整个写作，全部作品，一切都成了凭空而来。

于是我突然想到自己的"早期作品"，它们自1985年就躺在波恩的"地窖"里，再没被我动过。如同天意，而非偶然，和杨炼在维也纳的朗诵会前，我认识了出版人瓦尔特·费林格尔硕士。尽管我没有作品给他，他仍然令我惊讶地想了解我。我承认，当时除了我的早期作品，因为上面提及的原因让我有所怀疑，我并没有其他尚未出版的作品可以示人。一连串的事情就这样发生了。最后我不得不重新思考：我应该继续听所有诗人的柏林朋友约阿横·沙托依乌斯的，还是更应该听杨炼的？难道奥斯卡·帕斯提奥和马丁·海德格尔不应该是我很好的前车之鉴么？出生罗马尼亚的诗人奥斯卡·帕斯提奥认为，即使他写的斯大林颂歌，也属于他的全集；而来自布莱高的哲学家马丁·海德格尔，最后将他的"黑本子"也愚蠢地出版了。难道我没在"文革"期间写过这样或那样可疑的诗吗？难道法兰克福学派没在20世纪70年代对我产生政治影响，并在我逗留北京期间（1974—1975）发展成"我知道一切"的症状？我真的该屈服于八棵葩出版社老板瓦尔特·费林格尔的诱惑吗？当我在维也纳大学新校区，喝着我心爱的维特林尔葡萄酒，与人谈话时，我决定冒险，并随即在2014年2月开始寻找我的诗歌"遗物"。我很容易就找到了，它们在我搬离柏林时都寻到了安全的栖身之地，即使不情愿长久被尘埃和蜘蛛网保护起来。

在将近四十年后的今天，我该如何预测公众挑剔的眼睛呢？对此，我为每本诗集写了前言，以做些解释。我一直在写作，但在2000年前几乎没有出版作品。"一直"意味着什么？为什么除了少数例外，我如此长久未出版作品？默默无闻，甚至包括我那些出版名目：当我把在文学杂志如《乡音》或《科技时代的语言》上发表的诗歌和散文，全部列入名册，我早年在诗集如《高中生诗集》或者《我们》中发表的作品，依然无人知晓。

当我还是高中毕业班学生时，我在一次大会上听过马丁·布伯尔的一首诗，题目叫《你》。我模仿它写了一首，就好像我没有读过它那样，或许是改写。我的版本发表在校刊《论坛》上。其他的诗歌或散文也在那上面发表，其中一篇用的笔名阿斯特·艾希腾布悉。但它们都不应该在此出版！那次大会应该是以人为主题，于1963年在波恩附近圣奥古斯丁的圣言会举行，或者在巴登·俄恩豪森，和新教神学者古斯达伟·门西林一起。不管怎样，那以后不久，我成了圣言会成员出版的《真理》杂志一名活跃的编辑。那是一本面向青年作者的杂志。我审评别人的文章，很遗憾，带着固执和傲慢。如果我没记错的话，圣奥古斯丁是年轻写作者每年聚会的地方。我们在那里朗读并评价彼此的作品。我们中的一些人，后来成了著名记者和文人。

因为马丁·布伯尔，我开始了写作。这个犹太哲学家并不是唯一对我产生影响的人。第二个对我影响很大的人，是罗曼语言文学家雨果·弗里德里希。1964年秋天我在策勒皇宫花园的椅子上，读到那本后来译成中文的《现代诗结构》的前言。斯特凡·马拉美的一句话给我留下深刻印象：如果你想成功，应该为抽屉默默写作二十年。很久以来，这促成了我不同方式的沉默：我写作，但不发表。充其量，我自费出版我的作品，给与我境况一样的人阅读，或者去当时流行的中学和大学的朗读会上读，和汉堡的亚历克山大·施密茨以及明斯特的米歇尔·本克一起。他们一个受到埃兹拉·庞德的影响,一个受到哥特弗瑞德·本的影响。我呢？我迷恋西班牙、意大利和法国现代诗人的作品,如同我在雨果·弗里德里希介绍的作品中遇见它们那样。我尤其痴迷圣约翰·沛尔斯,其结果是创作了"蓝诗",即在蓝色的纸笺上用黑墨水写成的诗。它们不用逻辑连贯,全部直接来源于法国赞美诗风格的灵感。不合逻辑是它们的原则。但我后来狡猾地把它们差不多全都毁了。当时芭芭拉·布鲁恩·苏尔特·韦斯林(生于1946年)手里还有些,在她赖纳的公寓里。她把它们借给我复制,并请我随后归还。但我没有复制,而是毁掉了它们,为此我感到抱歉。也许最后还剩一首,名叫《爱情之歌》,在《论坛》中。我毁掉的那些作品,不仅是芭芭拉认为的我最好的诗,还有些别的人也这么看。但我自己从不这样认为。

"蓝诗"并不是我迄今为止唯一否定的作品。如上所述,在早年出版的刊物中还有一些诗作,这次同样较少被收入。我并不完全赞同杨炼的话,有时更趋向严厉的约阿横·沙托依乌斯。

我真的只沉默了二十年吗？大概有三十年吧,写作的困境伴随着我。在1985年到1988年之间我只写了少量诗歌,1988年到1994年之间我甚至一首没写。但我翻译了许多中文作品,从1991年开始写散文。为什么从2000年开始，我突然每两年就会出版新书，每本超过100页，以至于一些好心人如北岛必须警告我，我写得太多太快了。我的回答总是同样的话：如果我死了，就不能再写了。我必须现在就做想做的一切。为什么不呢？

1998年，我远离那些我喜欢的作品，它们曾让我作为读者热情高涨，但作为作家，它们最后却限制了我的创作。我的意思是，比如，乔治·特阿克尔和卡尔·科俄洛的东西，尤其是中国古典诗歌。我在写完《房间里的男人》（1970年）和《猴子构造》（1971年）之后，更加偏爱短小的形式，所有语义上的枝蔓被彻底删除。这涉及意象，涉及经常出现在诗歌最后的单个意象，中国中世纪美学在此产生了作用，诗歌中的特定句子被少量或者似乎是古典词汇所限制，却足以隐藏作者的意图。《动荡的安宁》是这种类型的最后诠释。

自从1994年我重新找到我的诗歌语言之后，1998年，一切都发生了变化。我的第四个孩子在1994年1月出生。从死亡中诞生，如理查德·瓦格纳戏里所说。四年后我在麦迪逊，从2月到4月做客座讲师。我的写字桌在一幢老房子里，由樱桃木制成。我的诗变长了，充满莫明其妙的叙述。梁秉堃（梁斌军）后来不厌其烦地声称，我是通过他才成为诗人，意思是通过对他的作品的翻译。这不一定对。但事实是，他让我接触到后现代主义，于是我总是发现更多理由，对所有生存的偶然进行思考，而较少费心去质疑天意。

也许是我那时的工作让我最后决定，把被我遗弃的"孩子们"从抽屉里拯救出来。在1995年到1999年之间，我不知怎么就写完一本新诗集。那期间我年年带着中国诗人在全德国跑，居然到处都有面对兴致勃勃听众朗读的可能，尤其是我翻译的作品。约阿横·沙托依乌斯几年前在柏林除评论之外还说过，我必须把一些东西放进抽屉，那之后，"语言文学之家"的负责人卡琳·亨帛尔－索思，于1999年秋天请我打开我的诗歌保险箱，让她阅读。随后，她为我在她的"家"里举办了一场朗读会。让我吃惊的是，我成功了，听众出人意料地多，并轻松接受了我的尝试。这位德语老师又找到一家出版社，就在我莱茵河边的新家乡。就这样，我的第一本诗集《旧绝望的新歌》（2000年），在文学之家朗读会的陪伴下，正式出版了。出版人斯特凡·韦德勒赞助我到第三本作品《影子舞者》（2004年），因为卖得不好，如他抱怨，我必须寻找别的出版社来替换他。迄今为止，人们更愿意读我的翻译，或学术著作，而非文学作品。作为翻译和学者，你不必也去写作，这话大家耳熟能详。至少在德语国家如此。

在中文国家得以传播多亏翻译,翻译得精彩才更容易有读者和买家,让我轻松卖掉至少300本书,那是每个德语诗人心目中不让出版社蒙受经济损失的数目。是的,我甚至远远超过了出版方的指标。原因很简单:文人在中国,不管是不是教授,什么都可以做。他甚至有义务,以多种艺术形式同时发声。如果我既想画画或者写书法,那里没有人会抱怨,只有在德国才会感到尴尬。但别的却合适:通过学术我获得课题,通过翻译检验我的德语。当我作为翻译应该获奖,为什么没人问,为何我的翻译有读者?难道我的语言凭空而来?或者自2000年以后,就不在我的日常写作中被打磨发光?

瓦尔特·费林格尔看得很远。他看见了我没敢看到的:我的文学作品有一个正在成长的中文市场。因此他请中国作家德惠·布朗(笔名海娆)翻译我的作品,她的翻译让她位于法兰克福郊外的新故乡成为一处新的德语诗家园。有一个令人遗憾的事实是,迄今为止,除我之外,还没有一个活着的德语诗人出版中文诗集。相反,我的同事和我已经翻译出版了数十位当代中国诗人的作品,并让其在德国深受欢迎。

感谢出版人和译者,我很高兴,因为他们的支持,我得以重新认识自己。出版人允许我,可以追忆最后写作的五十年,并认为我长期的沉默是对的。海娆的翻译也迫使我，对我大部分很复杂的德语进行思考，并去面对那些由于时间久远而变得陌生甚至难懂的语言上的变异。这期间我阅读自己，如我读者中的一员。

在编撰这组青春诗作时，我只进行了少量修改，主要是句子排列，和少数我至今仍然眷恋的旧的拼写法。我看重视觉美。日期注解，尽管现在我感到陌生，一般还保留着，因为它们于我是一座返回遥远过去的桥。我没能总是记住当时的很多背景，无论是政治的还是私人的。但总的来说，诗中的"我"不是我。"我"只是一个人物形象，对读者讲述读者。

德语是一种很难的语言。尽管在每天清晨付出极大努力——我主要在早晨 5：00—7：00 写作——但我几乎没能成为自己想成为的大师。韦德勒出版社的安格丽卡·森格尔和现在在上海同济大学工作的马海默，是我不可企及的德语专家。当然，多年以来，他们不是唯一用惊人的语言天赋影响了我的人。我还得感谢其他人，他们终生为语言奋斗，并让我分享他们的成果。

顾彬

2014 年 5 月 1 日于北京外国语学院